死にゆく人のかたわらで

ガンの夫を家で看取った二年二カ月

三砂ちづる

幻冬舎

死にゆく人のかたわらで

死にゆく人のかたわらで　目次

カバー写真　鈴木成一
ブックデザイン　鈴木成一デザイン室
ＤＴＰ　美創

第1話　家での看取り

特別なことではなかった

ガンの夫を家で看取った。夫はわたしの腕の中で息をひきとった。それだけがこの本を書きはじめるきっかけである。夫なのであたりまえのことだと思っていたし、夫もそれを望んでいたので、それを全うした。それは静かな最期であり、わたしに残ったのは感謝と明るさだけだった。

きれいごとのように聞こえるかもしれない。そんなにうまくいくか、と言われるかもしれない。わたしたちはものすごく仲のいい夫婦だったか、と言われると、よくわからない。すごく仲のいい夫婦、ということの定義は、他人にはできないからである。また、自らをも客観的には見ることができない。見合い結婚だったし、そんなにていねいに相性とか、考えていなかった。わたしは小学生の子ども二人を連れての再婚、夫は子どもはいなかったがこちらも再婚。人生中盤以降を生きるためにとにかくお互いパートナーがほしいと思っていたし、紹介してくれたのは信頼できる人だったし、とにかく一緒になってみようとしたのだ。そして一緒になって、けっこう仲良く暮らしていた。

毎日一緒に暮らし、毎夜一緒に眠り、毎朝一緒に紅茶を飲む。子どもたちの様子にともに一喜一憂し、お互いの親戚とつきあい、お互いの親を看取り、旅をたくさんし、えんえんと話をした。話すことはいくらでもあり、お互いそれなりの主張のあるような人間だから、ぶつかることもあったけれど、おおむね、いい結婚生活だった。家での看取りはそんな日々の生活の延長にあった。亡き夫が家で息をひきとったのは、だから別に特別なことではなかったのだ。

助けてくれる人はたくさんいる

しかし、やってみて、周囲に話すにつけ、現在の日本で「家でガンの家族を看取る」経験は、まだまだ多いとは言えず、ある意味、とりくみが始まったばかり、と言えることもわかってきた。わたしがそういうことができたのは、家から徒歩五分のところに訪問診療の草分けのようなカリスマ医師、新田國夫先生がいたからだ、ということも、わかってきた。

わたしはものを書いている人間なので、どんな経験をも文字にすることは自分への励ましとなり、書いていることで励まされる。亡き夫との最後の日々を思い起こすことで、それを文章にすることで誰より自分が励まされるのはわかっている。そしておそらく、それだけではなく、わたしの経験を文字にすることは、少なからぬ「家で死にたい」とか「家で看取りたい」と思っている人たちへの励ましにもなりそうなのである。いまの日本で、看取る側が働いていても、看取られる側がワガママでたいへんな奴であっても、周囲にはたくさんの助けてくれる人のシステムができあがっていて、なんとかなる、ということを言いたいのかもしれない。

医療や介護のシステムにはつい批判ばかりをしたくなるし、日本というのはひどいところだ、医療のシステムはなってない、フィンランドがいい、みたいな議論ばかりされているし、まあ、たしかにそれはそういうところもあるのかもしれないが、現今のシステムだけでもけっこう、いけます、ということも言いたいのかもしれない。

それはとりもなおさずこの国では、どのような仕事でもいったん職業として確立されると、そこに関わる人には必ず心を尽くして全身全霊で仕事をする人が出てきて、できあがったシステムをよきものにしていこう、とする人たちが少なくなくて、それによって、よく運用されていることが多い、と示すことでもある。

医療や介護に関わる人たちは、最もよくそれを体現している。この国ではなかなかどうして、すばらしいシステムができあがりつつあることの言及にもなるだろう。「家で看取る」ことは特別なことではなくなりつつあるし、これからもっと増えていく。増えてほしいと思う。施設が足りないから在宅医療推進、という方針ももちろんあるだろうし、団塊の世代が高齢化してもその後に人口は減るから、もう高齢者施設をつくることはペイしない、と思われていることもあるだろう。だから政策的に「在宅」が推進されるだろう、というところもある。しかしそれよりなにより、「死」を家族の元に取り戻すことができるかもしれない、という機会は、とても大切なことにみえるのだ。

身体知は三世代で失われる

人はどんなふうに死んでゆくのか。全ての人は死ぬというのに、わたしたちはあまり、その死にざまについて想像力が働かないことが多い。いい年になっても医療関係者でない限り、人が死にゆくプロセスをつぶさに観察する、という経験があまりない人が多い。いまさら、ことさらに、とりあげて言うまでもなく、生まれる場と死ぬ場が生活から切り離されて、久しい。そういうことは病院とか、しかるべき施設で起こるべきこと、とわたしたちの誰もが考えている。家で生まれる、家で死ぬ、ということからおおよそ三世代ほど引き離されてきたので、それはもう仕方ない。

三世代、というのは実に重要なことであるらしい。人間のからだにしみついた記憶や所作や習慣は、三世代で完全に忘れられていくようである。友人の助産婦は、かぞえきれぬほどの出産を介助し、母乳哺育《ほいく》を支えてきた人であるのだが、「三世代目になるとどうがんばっても、おっぱいが出ない」とつぶやいていた。

哺乳類《ほにゅうるい》である我々は、普通にしていればおっぱいは出る。イヌもネコもウシも仔を産めば乳が出る。冷蔵庫に入っている牛乳も、仔を産んだウシが提供してくれたものだ。産んでくれたメスの乳を飲んで、哺乳類の次世代は育つ。産んだことがない人に、自分の胸からおっぱいが出る、というのは、理解できないかもしれないが、わたしたちのからだに起こることで自分たちが理解できていることのほうが、実は少ない。胸がふくらみ、乳首が成長して、赤ん坊が吸いつけば乳が出る、などという摩訶《まか》不思議なことは、哺乳類の我々にとっては、特筆する必要もない、あまりにも「あたりまえ」のことなのである。

しかし文化的生活を構築することに鋭意努力するわたしたちは、自分たちの種の乳より、ウシの乳の加工品を自分たちの次世代に飲ませることに興味を持ち、そのほうが付加価値が高いかのようにとりあつかってきた。子どもを産んでも自分のおっぱいをあたえず、ウシの乳を原料とする「粉ミルク」をあたえる人が増えた。

母のおっぱいより粉ミルクのほうが甘いし、顎を使ってがんばって吸い続けないと最初は出ないおっぱいとくらべて、哺乳瓶は、くわえるとミルクが出るからがんばって吸う努力もしなくていいし、赤ん坊は、いったん粉ミルクをあたえはじめると、母親の乳房に吸い付く努力をやめることができるくらい、賢い。だから粉ミルクをあたえると、粉ミルクで育ちはじめて、おっぱいはいらなくなる人がほとんどだ。

人間にとって異種の乳より同種の乳のほうがベターなことはいまさら言うまでもないことなので、助産婦たちは鋭意努力して母親の母乳哺育がうまくいくように支えようとする。しかしながら、いま、子どもを産んだ母親が赤ん坊のころ、母乳で育てられておらず、また、子どもを産んだ母親の親、つまりはおばあちゃんも母乳で育てられていないと、いくらがんばっても母乳哺育が確立しない場合も、ままある、という。つまりはおばあちゃん、お母さん、が母乳哺育をしないと、その娘はなぜだかわからないけれど母乳が出ないことが多い。

「理由がありません」と助産婦さんは言う。「本当にたいへんなんです」と。もちろん三世代目でもおっぱいが出る人もおられるが、実際にはけっこうたいへんだというのだ。三世代目になると、からだの記憶があいまいになっている。言葉で継承されるのではなくからだで受け継がれる身体知のようなものは三世代で失われる、というのだ。

家で誰かを看取らなくなって三世代目

生と死に関わるふるまいのような、人間にとって本当は変わらない、変わるはずがないところについてさえ、わたしたちはおそらくたった三世代で記憶を失うようである。現在五〇代後半のわたしが高校生のころ、それは要するに一九七〇年代のことなのであるが、それより前は、地方ではまだ人は家で死んでいたと思う。厚生労働省の統計によると昭和五〇年に自宅で死ぬ人と施設で死ぬ人がほぼ半々になっている。昭和五〇年とはちょうどわたしが高校二年になるころだから、わたしの感覚と統計は、ほぼ一致している。

昭和二〇年代、八割以上の人は家で亡くなっていたが、平成七年を越えるとほぼ八割の人は施設で亡くなっている。これはつまりわたしの祖父母の世代はほとんどの人が、誰かが家で亡くなることを経験し、そばで見て、つぶさに観察していたことになる。しかしながら、わたしの父母の世代になると誰かが家で死ぬのを看取った、あるいは観察した人は半分くらいになる。

そして、二一世紀も始まってかなり過ぎたいま、団塊の世代からわたしの世代にかけて、すでに子どもも成長し孫もいるような年代のほとんどは、誰かが家で死ぬことを経験していない。わたしたちは「誰かを家で看取らなくなって三世代目」である。三世代目なので、ここを過ぎると、おそらく世代の記憶は消失する。

団塊の世代が高齢化して、老人向けの施設が足りなくなるとか、超高齢社会で介護の担い手が足りないとか、政府は家族に介護を押しつけようとしているとか、いろいろな議論があるとは思うが、二〇一〇年代に、五〇代くらいの世代が誰かを看取る経験を家でしていかないならば、おそらくは、この「誰かを家で看取る」経験はこの国の人たちの記憶から消失し、マタギの仕事とか、伝統織物の織り手とか、渡しの舟の漕《こ》ぎ手のように、そのからだにしみついた技が失われることになるのであろう。

であるとすれば、十分ではないながらも、わたしたちの世代はこの経験を引き継ぐ覚悟が必要な気は、する。まあ、そんな大きな話は、後づけにすぎない。わたしが語りたいのは、わたしが夫を家で看取った、という個人的な経験である。

最後になった日の朝のこと

夫は金蔵という名前だった。昭和二二年生まれ、戦後のどさくさもまだ片付いてはいないであろうころ、東京の真ん中で生まれ育った、団塊の世代の代表のような年代の人であった。金蔵、という名前が団塊の世代のど真ん中の年代の人間にとって、ポピュラーな名前であろうはずもない。祖父が命名したといい、金蔵の姉は米子といった。米子に金蔵。戦中を生きた祖父が孫に期待したものがわかろうというものだ。

金蔵という名前で戦後を生きて行くことは、しかも、全ての権威、体制を壊そうとした、超モダンな団塊の世代として生きるということは、けっこうハードであったらしいことは本人から聞いていた。社会人になったころには、「よく覚えてもらえる」名前としてメリットも見えはじめたらしいが、小中高校生時代の周囲の冷笑は想像にあまりある。社会人になったとき、取引先の人と名刺を交換したところ相手の名前が「権兵衛」であったらしく、まさに名刺交換の際に火花が散ったという。金蔵と権兵衛。さしちがえても悔いはなかったに違いあるまい。

中咽頭《ちゅういんとう》ガンの頸部《けいぶ》リンパ節転移、という末期ガンをわずらい、家で死んだ金蔵は具体的にどのように死んだのか。

夜中の一一時五九分に亡くなったので、その日をまずはふりかえろう。金蔵は一七五センチだが、そのころには体重は四〇キロを切っていた。文字どおり骨と皮であったのだが、立上がることもできていて、前日までなんとかトイレに歩いて行ったりしていた。頭もしっかりしていた。

二〇一五年の六月二七日、朝九時に、前年亡くなった義母の所有していた、地方にある小さな家の処分の件で、不動産営業マンさんと甥夫婦、姪の四人が家に来た。金蔵はリビングの介護ベッドに寝ていたが、甥姪には快活に挨拶をし、不動産営業マン氏の指示に従って、サインなどもした。物件処分をするときには、あれこれとサインをしたり印鑑を押したりしなければならない。金蔵はかなり弱っていて、複数箇所にサインをすることはさすがにむずかしくなっていた。しかし、金蔵の代わりに、わたしが代理人として全部署名するための委任状の、たったひとつのサインくらいはできた。しっかり名前を書いていて、その書類はいまも手元にある。死ぬ前に最後に書いた文字、である。

介護ベッドに寝ている金蔵の横で、わたしと甥夫婦と姪、不動産営業マン氏は、さくさくとやるべき仕事をすませ、午前一〇時半ごろにはやらねばならないことは全部終わっていたので、営業マン氏はお帰りになった。口から食べられない金蔵には気の毒だが、そういう気の毒な状態もずいぶん続いていたから、わたしは遠慮せずに、がんがん料理をつくった。食欲おう盛な甥のために、はりきって彼の好物のナスの天ぷらを山ほど揚げて、昼ご飯を準備して、みんなでわいわい言いながら食べた。金蔵も弱ってはいたが、それなりに話に参加している。

午後一時くらいだっただろうか。甥夫婦と姪が帰るというので、金蔵はベッドから、快活に手をふって、またね、と言い、甥夫婦も姪も、おじさん、また来るから、と言って帰って行ったのだ。今生の別れになろうとは、お互い思っていなかった。そのくらい、弱ってはいても、生気は感じられた。

介護するとは〝しもの世話〟をすること

人の介護をする、ということは、要するに、食べることと出すことと寝ることに気持ちを寄せる、ということだ。生まれたばかりの赤ん坊を世話することと変わらない。自分で食べたり、排泄《はいせつ》の世話をしたり、ほうっておいてやすらかに眠ったりできないから、母親はあれこれと動きまわる。老いた人、病んだ人も同じである。食べることをどうするか、おしっこ、ウンチをどうするか、どうやったら安心してやすらかに眠りについてもらえるか。それだけが重要な課題なのである。

介護に関して様々な理論を展開なさっている、ある学者さんは、「自分は親の介護も経験したが、〝しもの世話〟だけはどうしてもできなかったので人に任せた」とおっしゃっていたが、こういう方は「介護をして」いる、とは、呼びたくない。

わたしは学者とか作家とかいう職業は、全く経験主義ではなくて、自分が経験していないことをも論じる資格がある、想像力を主体とした職業だと思っている。人間、経験だけを語っているのは大したことではない。経験していないことであっても、語ったり論じたりできるのが学者とか作家なのであり、そういう意味では、自分の経験をじかに語ろうとしているわたしは学者としても作家としても、どうなのか、と思うが、いま、その点はおいておく。わたしがこれを書く理由についてはもう先に述べたからだ。

だから、別にくだんの学者さんが「介護」を実際に経験していなくても、研究したり理論を展開していただいたりして、けっこうなのである。しかしながら、「自分は介護を経験した」と言いたいときは、やっぱり、〝しもの世話〟はしているものだ。〝しもの世話〟をしないままで、赤ん坊の世話をした、とか老親の介護をした、とか、やはり、言ってはいけないと思う。介護とは、食べること、出すこと、寝ることとの安寧確保以外に、なにもないからだ。いくら苦手でゆくゆくは人に頼むことになるとしても、「介護」をしている人が「全く〝しもの世話〟はしない」は、あり得ない。反論する方もあろうが、それが真実だ。

立派で使いやすいポータブルトイレ

金蔵はすでに口からはものが入らなくなっていて、生命維持のためのぎりぎりの高カロリー輸液を使っていたから、最後の日々は、食べることについてわたしが心配することは、もうない状態だった。おしっこをどうするか、ウンチをどうするか、そして痛みに苦しんだり、体位がつらかったりして寝られないことはないか、不安でつらそうにしていないか、をチェックしてよく寝てもらうことがやるべきことだった。だから、彼のおしっこ、ウンチ、に関しては完璧に把握していた。自分がいなくてもヘルパーさんに記録してもらってまず確認することは、おしっこ、ウンチであったのだ。

最後まで立上がれたわけだから、わたしが一緒に歩いて行ってトイレに行くか、介護ベッドのそばのポータブルトイレを使うか、どちらかが最後まで彼の排泄様式であった。この「介護ベッド」や「ポータブルトイレ」は、介護保険などの仕組みでまかなわれている。電動で高さも足の位置も頭の位置も変えられるハイテク介護ベッドは、すでに約半年前から、我が家のリビングルームの窓際、いちばん眺めがよい場所に置かれていた。

フランスベッド、という有名なベッドメーカーさんは、介護用品市場にいち早く参入されていたようで、見事なカタログをお持ちで、その中でわたしたちが選べば、どのような介護ベッドでも速攻運んできてくれる。マットレスも、最初は普通のマットレスだったがそのうち体位が安定しやすい上等なマットレスに何度もかえ、最後は、床ずれ防止機能を備えた電動エアマットレスとなった。

このあたり、一言相談すれば、文字どおり、その日のうちにマットレスが交換される。フランスベッドの営業さんがてきぱきと動いてこちらが使いやすいようにしてくれて、的確なタイミングでケアマネさんに連絡してくれたりして、とにかく手際がよいのだ。そのことにどんなに助けられたか知れない。そのような介護ベッドとマットレスは何度とりかえようが、介護保険のおかげで、我々は月々二〇〇〇円弱を払うのみであった。

ポータブルトイレに関しては、さすがにパーソナルなものなので、レンタルはできないが、介護保険の制度として、一割負担で購入することができる。家具調で重くて、安定していて、リビングルームに置いていても全く違和感のないような五万円くらいするポータブルトイレも一割で購入できる。このトイレは一階に置いた。

しかも、ヘルパーステーションの方が、「あら、それはうちにもありますからお貸ししますよ」などと気軽に言ってくださったので、お借りすることにして、二個目のトイレは二階のベッドの横に置いていた。わたしひとりでは持って上がれず困っていたら、フランスベッドの営業さんが、自分のところのものでもないのに、さっさと運んでくれた。こうして、排泄のための仕組みは整っていった。

最後のウンチとおしっこ

亡くなる二日前から、彼はやや、おなかがゆるかった。口からものを入れていないから便秘気味だったのだが、二日前に一週間ぶりのお通じがあった。本人はほっとしていたし、わたしもほっとした。ベッドから一五歩くらいで行けるところにあるトイレまで一緒に歩き、座らせてウンチをした。

わたしはもちろん、赤ん坊の世話と同じように、つぶさにウンチを観察する。なんとなく緑っぽい色だな、と思ったのを覚えている。そして次の日、つまり亡くなる前の日も、同じようなウンチをした。色はやっぱり緑色っぽかった。どこかで見たような気がしていたが、赤ん坊が最初にするウンチ、胎便と似ていた。おむつに排泄、などはしておらず、最後のウンチもポータブルトイレでしたのである。

亡くなる日、先ほど書いたように朝一番に甥姪や不動産屋さんがおいでになることになっていた。前の夜におしっこはしていなくて、朝もおしっこをしていなかったので、「みんなが来る前におしっこしておこうか」と声をかけたが、いや、いい、と言う。みんながいるときにベッドの隣のポータブルトイレを使うのも、いやじゃないか、と思ったのだが、まあ、使いたくなれば、みなさんに一度部屋を出てもらえばいいのだし、と思って、小さな子どもに言うように、いや、いまおしっこしておきなさい、とかそういう強圧的なことは、言いはしなかった。

甥姪と昼ご飯を食べて、彼らが帰って、しばらくした二時すぎごろ、おしっこをするという。体を起こして、ベッドの隣にあるポータブルトイレに座らせた。しっかり座っておしっこをした。支えて立上がらせ、ベッドに戻そうとすると、立上がることができない。全く力が入らず、白目をむきはじめた。さすがにこれはまずい、と思い、なんとかベッドに移動させ、寝かせたが、苦しそうである。これはまずい、と思ってすぐに医者を呼ぶことにしたのだ。つまり彼は最後のウンチはトイレに歩いて行って行い、最後のおしっこもおむつでも溲瓶《しびん》でもなく、隣のポータブルトイレで、できた。

　末期ガンになって、自分はどんなふうに死ぬのだろう、と金蔵は気にして、わたしたちは、ずいぶんよくそのことについて話していた。そこでいちばん気になっていたことが排泄のことだった。排泄を自分で行うことは、その人の尊厳に関わる。最後まで人の手を煩わせないでおしっこ、ウンチをしたい、と思うのは誰だってそうだろう。彼はいつも、「オレの友人はガンで死んだが、死ぬ三日前までトイレに行けたそうだ。そう思うとガンで死ぬのも悪くなさそうだね。オレもそうだといいなあ」と言っていた。だから、わたしもなんとかそれをかなえさせてやりたいと思っていたが、なんと彼は最後の三日どころか、最後のウンチ、おしっこまでちゃんと自分でできた。

　立上がることができたこと、そして、どっしりしたポータブルトイレがベッドのすぐ脇にあったことのおかげである。家具調で、一見すると普通の椅子に見えて、安定していて、座りやすくて、使いやすいポータブルトイレは、我々の最後の頼みの綱だった。わたしにも愛着のある椅子となり、二個あるうちのひとつは、先ほども書いたように介護保険の割引で購入したもので、家に置いておけば、他の人も使えるし、災害用トイレにもなるかな、と一瞬思ったが、彼の死後、心よりの感謝をこめて、処分した。ポータブルトイレのいる家には、しばらくしたくない、と思ったのである。

第2話　最後の半日

とにかく、いまを絶望しないように

亡くなる前の日から「息苦しい」とは、言っていた。「死ぬかもしれない」とも言っていた。いま思えばあたりまえだ。中咽頭ガンの頸部リンパ節転移、いよいよ末期、身長一七五センチ、体重は四〇キロを切り、食事はほとんどとれなくなってもう数カ月、命を維持するのにぎりぎりの量という九〇〇ミリリットルの高カロリー輸液で命をつないでいたような状態だったから。

それでも寝たきりではなくて、トイレのたびに立上がっていたし、立上がれた。ひっきりなしに痰《たん》が出るのでティッシュの一箱をすごい勢いで使ってしまうのだが、自分で痰を出せた。そしてなにより、きちんと話ができていた。わたしたちはいつもと変わらぬおはよう、と、おやすみ、を繰り返して、わたしは介護ベッドのかたわらで寝ていたのだ。

客観的に見ればこの人はいつ死んでもおかしくないのだが、そばにいるわたしは、「こんなに具合が悪いのだから、もう、ダメだ」ということを一度も思うことがなかった。いま、なにができるだろう、いま、どうやったら気持ちよく過ごせるだろう、いま、自分がしなければいけないことはなんだろう、そういうことばかり考えていた。

いま考えればそんなふうに思えたのは、幾人かの人の力と教えと祈りとに支えられていたからだとわかる。互いに親を亡くした時期に一緒に仕事をしていた作家、吉本ばななさんは、夫にも会ってくださっていて、夫の末期ガンがわかったときから、いつも祈ってくれていた。「こんな重い病気なのだから、もうダメだ、と思わないように」、いつもそれを祈っているから、ということだった。彼女からのメッセージはわたしを深く励まし、そして、わたしもまた、祈るのであればそのように祈ろう、と思ったのだ。

なぜこの人がいまこんな病気になってしまったのか、という怒りではない。わたしを置いていってしまうの、という悲しみでもない。なんとかこの病気を治してほしい、という懇願でもない。そういう気持ちはもうなかった。うちの人は、ガンになる前にすでに十分に具合が悪かった。脳出血で大手術したり、てんかんの発作が出るようになったりしていたので、もうこちらも「病気慣れ」していたこともあると思う。

とにかく、いまをせいいっぱい。いまが楽しいように、いまが苦しくないように、いまを絶望しないように。それだけ考えていた。それだけを考えられたことが幸いだった、といまになるとわかる。

すばらしきテイジンさん

亡くなる前の日、息苦しいというので〝テイジンさん〟に持ってきてもらっている酸素吸入器を、五リットルのものから七リットルのものにかえてもらうことになった。

この酸素吸入器というのは、数多の、我が家に持ちこんだもののうち、というか、介護保険、医療保険の仕組みの中で持ってきてもらったもののうちで、わたしが最も感動したもののひとつである。血中酸素量が落ちてきて本人がやや苦しいと言いはじめた、逆算すれば、死から一週間前くらいに、この酸素吸入器は我が家のリビングルームに導入された。

酸素吸入器、というのだから、酸素ボンベが我が家にやってくるのだと思っていた。病院のようにきちんと酸素供給システムがつくられているわけでもないから、いわゆる、「ボンベ」が来るのだと思っていたのだ。こちらは介護保険ではなく、医療保険の範疇《はんちゅう》らしく、訪問診療の医師によって「酸素吸入器を入れましょう」ということになって、クリニックの師長さんが発注してくれた。「テイジンさんが来ますから」ということだった。

発注したその日に、テイジンの営業マンのおにいさんが、酸素吸入器を運んでくれた。ご苦労なことに介護ベッドのある二階まで持ってきてくださったのだが、見てみると、ただの箱様の機器であり、ボンベは、ない。使い方をひととおり習い、これが目盛りで、二リットルの酸素供給から始めますが五リットルまで増やせます、このビニールのチューブを鼻につけるか、あるいはこのマスクをかぶせます、とかいろいろ説明してもらった。

最後に、あの、ボンベはどこですか、酸素ボンベは酸素がなくなったら交換しなければならないですよね、と聞くわたしに、「あ、この機械は、ですね、空気中の酸素を集めて、それを患者さんに届けているわけですね」とテイジンさんは、のたもうた。すごい機械ができているのだ。知らなかった。もちろんこの空気中に酸素があることくらい、わたしたちはみんな吸って生きているのだし、適切な理科教育も受けているし、知っていた。しかしその空気中の酸素を集めて、患者さんに届けるような機械ができているとは。しかもそれが、わたしがひとりで運ぶには重たいとはいえ、小型のシュレッダー程度の大きさの、家庭で使用可能な程度の重さと大きさになっているとは。

技術革新とはまことにすばらしいものである。私は大学の教師なので、卒業生はいろいろなところに就職するのだが、たまたま、その年に就職してテイジンに入った学生がいたのでおもわず、「あなたの就職なさった会社はすばらしいものをつくっている」と連絡したものだ。すぐに「はい、我が社は家庭用酸素吸入器で業界トップのシェアを誇ります」という返事が来た。織物メーカー帝人は見事に業種転換なさっているわけである。日本の企業の底力と技術力を見せつけられた気がした。

一週間前にこの機械が我が家に入り、二リットルから始めた酸素吸入だが、それでも苦しい、と言う。亡くなる前日には五リットルに増やしていたが、まだ、苦しい。師長さんに電話すると、それでは七リットルのものを持ってきてもらいましょう、ということで、七リットルの酸素吸入器とかえてもらうことになった。営業マンさんが、本当に重いこの酸素吸入器を、やや暑くなった六月末、懸命に二階まで上げてくださった姿は、夫がリビングルームの窓辺の介護ベッドにいた最後の風景とゆるやかにかさなっている。

九時間前のこと

亡くなる日の午前中、甥姪と会い、不動産屋さんの持ってきた書類にサインをし、甥姪が帰ってから午後二時ごろ、最後のおしっこをベッド脇のポータブルトイレで、した。そこまでは、第1話で書いた。

しっかりおしっこをしたのだが、そのあと、ポータブルトイレから立上がろうとすると、立上がれない。立上がらせようとしても力が入らない。顔色もよくない。おしっこをするまではしっかりしていたのだが。さすがにこれはまずい、と思った。しばらくポータブルトイレに座っていたのだが座る位置がずれてきて、白目をむきはじめたので、あわてて運ぼうとする。いくら体重が軽くなっているとはいえ、うまく運べそうにない、と思い、車椅子をそばまで持ってくるが、車椅子には移せず、なんとかベッドに座らせると、そのままベッドに倒れこむ。

なんといってもポータブルトイレは手すりは上がるし、ベッドとほぼ同じ高さだし、抱えて移動するといってもお尻の位置をずらせばベッドなので、大したことではないのだ。わたしひとりで十分に移動させられる。寝かせたが、息が苦しそうである。白目をむいていて、唇の色も悪い。ぜいぜいしている。指の血中酸素測定器もエラー。いま、様子がおかしいので、かかりつけの訪問診療クリニックの師長さんに電話する。

先生と一緒にいるので、ひとつ片付けたら行きます、と返事がある。

午後三時すぎごろ、先生と師長さん、両方、私服で来られる。うーん、これは苦しそうですね、痰を吸引しましょう、ということになる。一日中痰を吐き続けていたのに、それが吐けなくなっているので息が苦しそうなのである。まずは痰の吸引、ということで、師長さんが、痰を少し吸引する。思えば、こうやって管を入れて痰の吸引、などをしたこともなく、これが初めての管を入れての痰の吸引である。ここまで全て痰は自分で出せていたのだ、ということにいまになって気づく。

喉に管をつっこむことは、かなり苦しいようで、でも意識はあるから、ベッドをたたいて、苦しい、と表現している。見ていてかわいそうだ。師長さんもごめんね、ごめんね、とおっしゃっている。うまく引けなかったらしいが、少なくとも、本人の喘《ぜん》鳴《めい》はなくなる。

オプソが飲めますか、と聞かれ、二包飲ませる。このときはまだ、オプソという液体の麻薬系の痛み止めの頓服を飲むほどに、本人は反応していた、ということである。そのあと息苦しさもなくなったようだ。亡くなる九時間ほど前のことだった。

痛み止め使用のさじ加減

麻薬系の痛み止めは量の調節がむずかしいんですよね、と主治医の新田先生は言う。このガンの麻薬系の痛み止め、というのはオキシコンチン、オキノーム等の商品名がついているオキシコドン系と呼ばれる薬である。これが開発されてずいぶんとガンの疼痛緩和が進み、自宅でも使いやすいため、自宅療養も進んだ、と言われる薬である。

ちなみに、日本を代表する自動車メーカーの、立派な役員の方が、この薬をカバンにしのばせていた、とかいうニュースが日本中に流れ、この薬の名前は一挙に有名になった。もちろん麻薬系の薬だから、ガン等の末期以外の方が所持していては、よろしくない薬である。我が家では夫が死んで、この薬が山ほど余ったので、きちんと数をそろえてクリニックにお返しした。自動車メーカー役員の事件は、この薬が、闇マーケットでは、おそらくはけっこうな値段のつくものであろうと想像できるできごとであった。

夫はこの薬を使っていたが、だんだん薬を飲みこむこと自体がむずかしくなってからは、フェンタニルという別のオピオイド（麻薬）系の「パッチ」の痛み止めを使っていた。三日に一度貼り替えるものと、三時間ごとくらいに使える頓服用のものを併用する。ほかに先述のオプソ、というわずかな液体の頓服ももらっていた。

実はわたしは薬剤師で、薬に関しては世の中からは「専門家です」という免許証をもらっている。しかし三〇年以上薬剤師としての仕事をしていないので文字どおりのペーパー薬剤師であり、薬のことはいまや、よくわからない。しかし薬剤の研究においてこの製剤、というか、剤型、というか、「どのような形の薬にして患者に届けるのか」という、薬剤学、という分野が薬学の基本のひとつである、ということとくらいは、薬学部の先生方の熱心なご指導と国家試験のための猛勉強のおかげで、おぼろげながら覚えている。この口から飲めなくなったあとに使う「パッチ」薬のすばらしさには、あらためて製薬、製剤研究者と企業の努力をしみじみと感じた。「飲めなくなったらパッチ薬」と聞いていたから、わたしは勝手に、「湿布」のようなものを想像していた。筋肉痛のときなどに使う、あの、湿布薬である。白くてやや分厚くて、大きい。そういうものだろうとなんとなく思っていたのである。しかし、実際に出てきたガンの痛み止めの「パッチ」は、小さな二センチ四方くらいの、透明なフィルムであった。まず、とてもとても小さい。そして、貼りやすい。そして、はがれにくい。そして、邪魔にならない。そして、十分に効果がある。なんとすばらしいものを研究開発してきたのかと、薬剤業界の方々に頭を垂れるばかりなのであった。

痛みを調節することの大切さは言うまでもあるまい。夫もいつも「死ぬのは仕方ないが、痛いのはごめんだ」と言っていた。これを読んでおられるみなさんもきっとそうであろう。家で死にたいが、痛いのはいやでしょう。家族としても、自分の大切な人が痛みで苦しむのを見たくはあるまい。自宅でも痛みの緩和はできる、ということを聞いていたからこそ、我が家も自宅での看取りに踏み切ったのだ。

この痛み止めは痛みを調節するのみではなく、「息苦しさ」も抑えることができるので、うまく使うと、いま、夫が経験しているような息苦しさも抑えられるらしい。しかし、痛みも息苦しさも抑えようと、痛み止めを増量すると、痛み止めの増量自体による呼吸停止が起こってしまうこともある。

自宅で過ごしている末期ガン患者は、実は、この痛み止め自体による呼吸停止で亡くなることもかなりあるらしい。だからそのあたりがドクターと、常に見てくれているナースの、さじ加減と判断が重要になるわけだ。家で実際に看取っているものの身になれば、できるだけ「痛くなく」「苦しくなく」生を全うさせてやりたいと思うから、痛み止めはもちろん「ばんばん」使ってやってほしいのだが、それで呼吸停止も起こり得るわけだから、うーん、本当にむずかしい。

夫の場合は、息苦しさはあったが、なんとか痛み止めによる呼吸停止や心停止は免れる状況まで来たわけだから、新田先生の見立てはとても的確だったのだと思う。痰を引いてもらい、息が楽になったが、もうあまり話はできない。

下顎呼吸のかたわらの穏やかな時間

この日は、親しい若い友人の誕生日だった。わたしは「研究者」で、「大学教師」なので、専門分野を教えることによって、その後親しくつきあうようになった、昔ふうに言えば、まあ、「弟子」みたいな関係の若い友人が何人か、いる。この若い友人は一五年におよぶ海外生活のあと、日本に帰ってきたわたしが最初に関わった学生のひとりで、いまは立派な研究者として国立研究所に勤務している。しかも、奥さんもわたしの教え子である。

なんでもその日は奥さんがどうしても都合がつかないので、不肖わたしが奥さんのかわりに「誕生日を一緒に祝う」ことになり、夕方五時に待ち合わせて一緒に食事をすることになっていた。奥さんがいないときに他の女性と誕生日を祝うのもどうかと思うが、そこは、わたしは括弧つきの〝恩師〟であり、夫妻ともども、わたしの教え子なので、妻がいないときに一緒に食事する女性としては、母親の次ぐらいにふさわしかろうポジションなのである。

つまり、わたしはこの日、夫が亡くなる日でさえも、「誕生日のお祝いで、人に会いに出かけられる」くらいの状態だと、まだ思っていたのだ。もちろんひとりにしておけないから、ヘルパーさんを頼んでいたが、「まだ大丈夫」と思っていたからこそ、教え子の誕生日祝いに出かけようとしていたのだ。

まだ大丈夫、と、思える状態は、ドクターとナースの帰られた午後三時ごろには、さすがに「大丈夫ではない」に変わっていた。教え子に電話し、やはり今日はどうしても出かけられそうにない、と言うと、「なにか僕にできることはないですか」と言う。わたしは、息子のように親しくつきあっている彼に、「そばにいてほしい」と頼んで、家に来てもらうことにした。

わたしはさすがに心細かったのだ。いつかは、来る、と思っていたときは、今日なのか。ドクターとナースはやるべきことはやって、なにかあったら連絡を、と言って、いつもと同じ淡々とした、でもあたたかな態度で帰られた。息も荒い。話もできない。家に来て、と頼んだ友人が家に着くまでの一時間のことをあまりよく思い出せない。この午後には、夫の呼吸は下顎《かがく》呼吸になっていた。呼吸をするたびに下顎が上がったり下がったりする。要するに口があいたりしまったり、あぐ、あぐ、という感じの呼吸になる。もちろん、知識はあった。これが最後の呼吸だ、と。

下顎呼吸になるともう意識がない、とか言われているが、夫は反応はしていた。この友人が午後四時半ごろうちに着いて、夫に呼びかけると返事をしていたし、午後五時ごろまでは「愛してるよ」「ありがとう」と言うと、笑ってうなずいていた。反応はしていたのだ。「金ちゃん、楽しかったよね」と言うとうなずいていたし、「しまねさん（友人）が来てくれているんだよ」と言うと、少しにっこりしたりしていた。

友人はなにか買ってきますね、と言って近所のスーパーに行ってのり巻きとかお稲荷さんとか、つまむものを買ってきてくれて、同じくわたしの教え子である奥さんもほどなく家にやってきて、四時間くらい一緒に過ごしてくれた。まだ暑がってタオルをはねのけることはする。その間、夫の浅い、下顎呼吸は続いていたが、なんだか、とても安定した呼吸でもあり、苦しがる様子もなく、穏やかで、わたしたちは彼のそばで食べたり飲んだりして、おしゃべりをしていて、このような穏やかな時間は、実はけっこう長く続いていくのではないか、と思った。

心細いような気がしていたけれど、息子夫婦のようなこのカップルが来てくれたことで心細くもなく、怖さや不安もなかった。なんだか、この呼吸が終わると、また普通に話しかけたらこたえてくれるんじゃないか、とさえ思えた。ここに続いていく時間が一直線に死につながっているようには、どうしても考えられなかった。我が家の日常は、下顎呼吸をしているこの人のかたわらで、いまだ、淡々と過ぎている。

友人カップルが夜八時半ごろに帰宅するころには、夫の呼吸は安定しているものの、もう、呼びかけには全く反応していなかった。彼らは「金ちゃん、また、来ますね」と言ってくれたけれど、返事はなかった。

「亡くなったら呼んでください」

友人夫婦が帰って、夜九時半ごろ、なにか買ってきてくれたものを食べようかな、と思っていたら、新田先生があらわれた。「帰りに寄ってみましたよ」と電話もなくただ、やってきてくれた。なんだか絶妙なタイミングであらわれる。「下顎呼吸ですね。今夜だと思います」「輸液は取りましょうか」と言って抜いてくださる。手袋もせず、そのあと手を洗いもせず。「すっきりしましたね」。鼠蹊《そけい》部に入っていた太い針につながれた高カロリー輸液は、もちろん、夫の最後の水分、栄養分補給の砦であった。これをはずす、ということの意味はよくよくわかっていたけれど、いまさらわたしもなにも言うことがない。わたしはだまって見ていた。

管だらけで死にたくない、とよく言うが、この管は、酸素吸入は別として、夫がつながっていた最初で最後の管だった。全く食べられなくなり、水分も飲むのがつらくなり、経口の錠剤も飲みこむのがつらくなり、この高カロリー輸液の使用に踏み切った。「無理な延命、ということにならない程度の量にします」と新田先生は言われ、ずっと九〇〇ミリリットル、ここ数日は七〇〇ミリリットルの輸液を使っていた。

「キリストの最期のような顔ですねえ。みんな立派なんですよ」。わたしもいろいろ話す。「甥夫婦が帰ってしばらくして起こしてほしい、トイレに行く、という。溲瓶ですればいいのに、と思ったけれど、トイレに座らせて、おしっこをしました。そうしたらもう立上がれなくなってだんだん白目をむいてきたので、なんとかベッドに座らせて、そうしたら倒れこんだので先生を呼ぶことになったんです。トイレに座っている間に顔を熱いタオルでふき、からだもふいてやりました」

夜、一〇時すぎに先生は帰る。一〇時二〇分、呼吸が少し速くなってくる。まだ、手は動く。まだ、タオルケットをはねのけようとする。夫の様子を見て、「夜中になったらわたしにだけ電話してください。朝になって明るくなったら師長にいろいろやらせましょう」と言って帰られた。わたしも、はい、そうします、と、やっぱりなんだか現実味のない返事をしてしまったが、いまになると、この要するに「亡くなったら呼んでください」は、医者としてはすごい言葉ではあるまいかと思う。

これが、病院でのことなら、どうだろう。きっと、あの処置もして、この処置もして、いろいろ周囲があわただしく動くのだろうな、と想像してみると、そのすごさに気づく。百戦錬磨の訪問診療医ならでは、の一言である。

病院ならば、医者は患者が死にそうなときにこそ、そばに来る。医者の仕事は、痛みをとり、死を遠ざけることである。死にそうなときに医者は呼ばれ、なにか応急措置をする。それが医者の仕事だと言われていたから。

しかし、「家族とともに看取り」をする「訪問診療医」の役割は、いまわのときにやってきて、心臓マッサージをするのが役割ではない。家族が落ち着いて、本人がなるべく苦しまないで、穏やかに家で最後のときを迎えられるようにセッティングするのが、訪問診療医の仕事なのだ。彼は最後のときに手を下しはしない。死にゆく人の最後のときは、その人自身と、家族と、その環境に委ねているのだ。

死にゆくときの「介助者」の役割

本来の第三者である「介助者」の役割とは、まさにここにあるのだろう。わたしは出産に関わる仕事をしてきた。世の中では人間は「ひとりでお産はできない」と思われている。産科医が減り、産科医院が減り、お産する場所がない、お産難民が増えた、と近年言われている。病院がないと産めない。産む人も周囲の人もそう思っている。

たしかに、現代、これだけ医療サービスが整い、医師、助産師など熟練の出産介助者が数多存在するこの国では、すぐれた出産介助者と出産することは推奨されることである。WHO（World Health Organization　世界保健機関）も、世界中の女性は、SBA（Skilled Birth Attendant　技術のある出産介助者。多くの場合、医師、助産師、看護師、日本の場合は医師、助産師）とともに出産をすることが、安全確保に最も重要なことだと言っている。わたしも異論はない。

しかし、誰が産むのかと言えば、医者が産むのではない。女が産むのである。女が自分の力で産み、赤ちゃんが自分の力で生まれる。熟練出産介助者たちはみなそれをよくわかっているから、「あなたが産むんですよ」と言っているが、女たちはこのような覚悟について、あまり意識しないまま、お産まで来てしまうことも珍しくない。

もちろん出産介助者の助けを得て出産するのがよいのだが、本来、女はひとりで子どもくらい産めるのである。数世代前まで、そうしていた。しかしながらこのように「ひとりで子どもくらい産める」、と女たちも世間もあまり思えなくなっているのは、女の力不足と、保健サービスの洗練と医療化、ということだけが原因ではない。自然人類学の分野では、なんと、五〇〇万年前から人間は介助なしでは子どもが産めない、ということになっているらしい。

サルとくらべヒトの産道は複雑で、赤ちゃんの頭は大きいから、サルのように後ろ足をついたり、四つん這いで産んで、産まれてきた子どもを抱き上げたり、子どもが自力で出てきたり、ということはヒトでは、無理です、ということになっている。これは、わたしは人類学者の友人から直接電話をもらって、聞いて、実にびっくりした。彼女は「人間は骨盤と産道の形から、ひとりでは産めない、ということに人類学ではなってるんだけど、それでいいんだよね？　どう思う？」と言うのだ。論拠のひとつである論文も送られてきた。そこにはサルの出産時の姿勢の絵が描いてあり、人間はそのようにはできない、と記してある。

わたしはとんでもない、人間もひとりで産めます、世界中でひとりで産んできたのを見てきたし、聞いてきたし、産めます、この論文のサルと同じ格好で人間もひとりで出産できます、と言った。この「ひとりで産む」とは「ひとりぼっちで産む」ということではない。周囲に別の人がいるかもしれないが、「出産時に誰も母親や赤ちゃんにさわったりすることはなく、ひとりで産む」ということである。

つまりは、「介助者はなにをするのか」ということは、実はそんなに簡単ではない。なにか手を出して、その人にさわって、その人に対して「なにかをする」ことが介助者の役割だとわたしたちはつい思うが、必ずしもそうではない。その人がその人らしくあることができるように、そしてその人が、その人とともにある人(出産の場合は赤ちゃん、死にゆく場合の人は、親しい家族だろうか)が静かにそのときを迎えられるように、環境を整えるのが介助者の役割とも言える。出産の場合、伝統社会のありようから見えてくるのはそういうこと、つまり「介助者は手を出すのではなく、まわりの状況を整える」人なのである。

人が生まれるときと、人が亡くなるときには同じことが起こるから、おそらくは死にゆくときの「介助者」の役割もあるとすれば、この家族の静かな時間をまもることこそがそうであるに違いない。

酸素吸入器をはずす

死にゆく夫と、そこに寄り添っているわたしが静かな時間を過ごせるように、そこに第三者が入って、邪魔をしたり、あれこれよけいな「処置」をしたりしないように、新田先生のたたずまいは、絶妙であった。「夜中だったらわたしだけ呼んでください」、とわたしの周囲の安心な状況だけを整えて、その場を去る。

もちろん「わたしだけ呼ぶ」ことができるのは、わたしたち患者家族が担当医師の携帯電話番号を渡されているからである。このクリニックに訪問診療をお願いしたときから、わたしたちは電話番号リストを渡されていて、緊急のときにはこの順番に電話をかけてください、と言われていた。

クリニックの電話番号、次に、クリニックの緊急連絡用携帯電話番号（これは当直の看護師さんが出るらしい）、次に師長さんの携帯電話番号、そして、最後に担当医の携帯電話番号。必ず二四時間いつでも、どれかの番号で連絡がつきます、と言われていた。そのこと自体が、どれほどの安心感を与えてくれたことだろう。いざとなれば、この人たちに頼れる、という思いがわたしを支えてくれた。こうやって別々の番号を渡されていたからこそ、わたしは夜中にそのときが来たら、医者だけ呼ぶことができるのである。

夜一〇時半、長男が帰宅した。長男は、日本企業で働くサラリーマンで、東京都内で我が家とはほぼ反対側に位置する社員寮に住んでいる。急いでいま帰れとは言わないけど、今夜は寮に帰らずに家に帰って、いよいよだと思うから、と連絡はしていた。

長男と二人で話しながら、夫をのぞきこんだり、頭をなでたりする。下顎呼吸は続いていて、それも的確なリズムを刻んでいて、この期におよんでもなお、この時間は長く長く続くのではないか、と思われた。先生は今夜、と言われたけれど、この「下げ止まり」状態で、まだまだいけるのではないか、と。

病人の状態は、だんだんと悪くなっていくのではない。あるとき、がくがくっと状態が悪くなり、そしてしばらくプラトー、下げ止まり状態の安定期が続く。そして、また、がくがくっと悪くなる時期が半日くらいあって、そしてまた下げ止まる。下げ止まっても下げ止まっても、まだ、いけるのではないか、と思っていたから、今回もこれでしばらくいくのではないか、と思ったのだ。いま思えばなんという楽観視。でも、これで終わりだ、と本当に思えなかった。

長男が、変な音がする、と言う。たしかに、いままで聞こえなかったシューシューという妙な音が夫のまわりからしている。鼠蹊部の輸液ははずされていたが、下顎呼吸の間も、ずっと鼻から酸素吸入は、していた。先述したテイジンの名酸素吸入器である。この酸素吸入器は、空気が入るようになっている透明なチューブ様のものを鼻の二つの穴にあて、ずれないようにそのチューブを頭の後ろからかけるか、あるいは、酸素マスクを口にかぶせて使う。酸素マスクのほうが吸入の効率がよいらしいが、本人がいやがったのでずっと鼻からの吸入を行っていた。

テイジン吸入器からの酸素は本人に確実に供給されていたが、いまはシューシューと音がする。そばによってみると、鼻に入るべき酸素が、からだに入っていかず、外に漏れているのである。だから、鼻のあたりからシューシューという音が聞こえているのだ。もう、これ、はずしてもいいよね、酸素、入ってないものね、と言って、長男とふたりで酸素の管をはずした。

酸素吸入器をはずす、ということの意味もまた、わかっていた。夫とわたしは、この夫の最後の日から七カ月前に、夫の母を看取っている。九二歳で死んだ義母は七〇を出るか出ないかというところに認知症を発症し、二〇年近く特別養護老人ホームに入っていた。母を送ってから、逝きたい、というのは夫のたっての希望だったから、義母はこよなく愛する息子の願いをしっかり聞きいれて、彼よりちゃんと先に逝ったのだ。

血圧を測ることができません、という連絡が施設より入って、わたしたちは施設にむかった。わたしたちが施設に着いたら、施設の看護師さんは、「もう、はずしましょうね」と言って酸素吸入器を義母からはずした。わたしたちはそこで一時間ばかり義母のそばにいて、夫は義母に話しかけたり、ほおをなでたりしていた。そしてふと気づくと、義母はもう呼吸をしていなかった。

だから、酸素吸入器をはずすことは、呼吸の終わりにつながる。それもわかっていたけれど、もう、シューシュー酸素が出ている吸入器ははずしてやりたかった。からだに、もう入っていかない。生きているということはいろいろなものを取り入れながらいろいろなものを出すことだ。最後に取り入れるもののひとつは酸素なのか。もうからだがうけつけないんだな。長男とわたしは鼻のチューブをはずした。これはひっかけてあるだけだから、誰でもすぐはずせるのだ。はずして、テイジン名器のスイッチを消した。

明るい憂愁につつまれた時間

しばらくは夫の穏やかな下顎呼吸は、それでも続いていた。長男が足下にいてわたしがまくらもとで彼の頭のところにいた。下顎呼吸が止まり、二度、大きな息をして、夫はわたしの腕の中で、文字どおり最後の息をひきとった。

長男と、その最後の瞬間に立ち会えたことはなんだかすごくありがたかった。二四歳はもうすでに立派な成人ではあるが、ひとりの人のいのちの最後をつぶさに見るには、まだ若い。こういう機会をこの年齢で与えられるこの人は、なんらかの役割を負うた人であるのだろう。わたしたちひとりひとりがなにをこの生に負うていくのか、わたしたちの意識はいまやぼんやりしていて、よくわかっておらぬ。ひとつひとつ経験して気づかされながら、その負うているものをよりよく理解するしか方法がない。

わたしたちはこの場に立ち会えたことについてなにも話さなかったが、お互いの感謝の気持ちはしみじみと感じた。長男もわたしも、このときには泣いたりしなかった。不謹慎な言い方にならなければいいな、と思うが、わたしはこのとき、少しも悲しい、という思いがよぎらなかった。涙どころではなかった。晴れやかで立派な最期を目の前で見せられて、いろんなことがあったけど、この人への敬意と愛情で文字どおり胸がいっぱいだった。ありがとう、という言葉しか出てこない。人間って、よくできている。

もうほとんど日が変わりかけている夜中の一一時五六分くらいだった。一二時を過ぎてから、新田先生に電話したら、すぐ来てくださった。手をあわせ、「本当によくがんばりましたね」と、わたしをまずねぎらってくださった。「あとはね、明日の朝九時にクリニックがあきますから、それからいろいろやりましょうね」と言って、わたしたち家族の時間になんの邪魔もせず、淡々と帰っていかれた。先生にねぎらわれると、わたしはちょっぴり涙が出た。これで終わりなんだ、と思った。それは晴れやかな旅立ち、としか言いようのない、明るい憂愁につつまれた美しい時間だった。きれいごとみたいだけれど、本当にそうだったのだ。

長男とわたしは介護ベッドのかたわら、狭いスペースになんとか二つ布団を敷き、眠った。夜伽《よとぎ》、という言葉は、ひょっとしたら亡くなった人のかたわらでずっと眠らずにつきそっていること、なのかもしれないけれど、わたしたち二人は、かたわらの布団で寄り添ってぐっすり眠って、朝の光とともに目覚めた。夜伽をした、という言葉がなによりふさわしい、と思われるような夜だった。

病院で亡くなって、家に連れて帰ったら、きっと線香などたてて、もう「死人」として扱ってしまうだろう。だいたい、家に連れて帰る、ということ自体を躊躇したかもしれないし、こんなふうに適当に布団を敷いて隣で寝る、などということも頭に浮かばなかったんじゃないかと思う。でもわたしたちの生活の場の延長で、普通の暮らしのひとつづきの中で、わたしの腕の中で息をひきとって、家族の時間は続いていて……そういう流れの中にあったから、夫がまるでまだ生きているかのように、夜伽をしたのだ。おやすみ、金ちゃん、おはよう、金ちゃん、と言って。

死はよそよそしくおそろしいものではなくて、わたしたちのすぐそばにあって、とても親しいものだったのだ。

第3話　青天の霹靂？

中咽頭ガン転移、ステージⅣの宣告

それは青天の霹靂《へきれき》のようなガン宣告、というわけではなかった。

二〇一三年四月二二日、夫は中咽頭ガンの頸部リンパ節転移、ステージⅣのガン、と診断された。毎日、目の前に座って紅茶を飲み、ご飯を食べていたが、首が腫《は》れているのに気づかなかった。

その朝、本人が首の右側が腫れているのに気づいた。ここ、腫れてるんだよね、と言う。そう言われるとそんな気もする。とはいえやはり目の前に座っているわたしが、そこ、腫れているんじゃないの、と指摘できるほどの腫れではない。よく見ると、たしかに右側のほうが若干ふくらんでいる。ここ、さわってみて、と言うのでさわってみると、たしかにそこには、なにかある、ということはわかった。首の腫れ、というのは、実におそろしいことであり得るのだが、そのときのわたしたちは素人ゆえに、首の腫れにどのような意味があるか、知らなかった。

ガンにはステージがⅠからⅣまである。正確にはゼロからあるらしい。ガンの進行にともない、だんだんステージが上がる。ステージⅣとは、ガンがリンパ節にまで達しており、さらに最初のガンの場所のほかにもガンが見つかる、すなわち、すでに転移していることを示し、ガンの最終段階のことである。早い話が、「覚悟してください」と言われる段階なのである。要するに「ガンでいちばん深刻な状態になっています」という診断を受けた、ということだ。それでも青天の霹靂、というわけではなかったことには理由がある。

バクダンを抱えた身

夫は、すでに十分にいろいろ「大病」をわずらっていた。もともとこの人は、「脳動静脈奇形」という先天性奇形の持ち主であることを、本人もわたしも知っていた。わたしと結婚する前の、若いころの話。どうも頭が痛い。妙な、不安な痛みがある。親戚に脳腫瘍《しゅよう》で亡くなった方があり、頭痛のことはとても気にしていたから、不安で医者に行ったところ、この脳動静脈奇形というのを脳外科で見つけられたのである。頭の中の一部で、動脈と静脈が、糸がもつれているようにごちゃごちゃからみあっている状態なのだそうだ。素人の言い方だから、正確じゃないかもしれないが。

からだの血管がすっきりまっすぐ通っていなくて、どっちが動脈でどっちが静脈かわからないようにからみあっている、と言われるのは、想像するだに気持ちはよくない。

それはけっこうたいへんな病気である、ということで、治療不能、と言われたらしい。検査して見つかったからといって、開頭手術して治療できるようなものではない。手術するリスクのほうが大きい。ただいつか症状が出るかもしれなくて、その症状が出たら、手術しかない。その手術自体、リスクが高く、むしろ症状が出たら、それでダメかもしれない、と言われていたらしい。

これはわかりやすく言えば、頭に血管の奇形がある。普通の人とは違って、脳出血を起こしやすいような奇形である。そして、いつバクハツして脳出血を起こすかわからない。脳出血の程度によってはいのちに関わる。その場で死ななくても、脳出血を起こしたらおそらく手術をすることになり、その手術はとてもリスクの高いものになる、ということである。本人はだから、「いつもバクダンを抱えている気分」で暮らしてきたと言い、頭が痛くなるたびに、けっこうな不安に襲われていた。

一緒に暮らす、ということになったときも、本人はまずこの病気のことを口にしていた。自分はバクダン抱えてるからいつ死ぬかわからないけど……、ということである。

そう言われても仕方ない。結婚相手というものは、なんらかの欠点を抱えているものである。自分自身もたくさんの欠点を抱えているのだから、仕方ない。どのような欠点なら容認できるのか、結婚というのは、そういう容認の幅の広さでだいたい決まっていくのだと思う。ひらたく言えば、わたしは、この人がバクダン抱えていようが、なんだろうが、ま、いいか、と思って結婚したのである。

だから、この人は、いつ死ぬかわからない、と思っていた。しかし、全ての人間はいつか死ぬのだ。わたしだって今日が人生最後の日かもしれない、と、いつも思いながら暮らしている。誰だっていつ死ぬかわからない。脳動静脈奇形は、わたしがこの人とともに暮らすことをためらう理由には、ちっともなっていなかったのだ。

いやおうなしに持った覚悟

夫が六〇歳を過ぎて退職し、しばらくしたころ、朝六時半、そのバクダンはバクハツした。隣に寝ている夫が「頭が痛い」と言う。ほどなく「あ、これはいつものと違う、すぐに救急車を呼んでくれ」と言う。本人が意識があって、明確に救急車を呼んでくれ、という事態は珍しいとは思うが、すぐ呼ぶことにした。具体的に頭のこの場所で出血した、そしてそれは常々、このへんに脳動静脈奇形があります、と言われていた場所だ、ということがわかったのだという。

当時高校生だった長男に助けてもらって救急車を呼び、夫を乗せる。搬送先の第一候補である、自宅から車で五分の、当時の東京都立府中病院（現在は東京都立多摩総合医療センター）が本当に運よくすぐに受け入れてくれて、ＥＲ（Emergency Room 救命救急治療室）に運ばれた。当直の脳外科医がおられて、てきぱきとＣＴ（Computed Tomography　コンピューター断層撮影）の指示などを出しておられるときに、夫は二度目の出血を起こした。脳外科医のもとで起こした脳出血となり、考え得る限りで最良の状況での二度目の出血だった。

救急制度、というもの。これは本当に大したことである。日本の医療制度が他国と比べて劣っているとか、問題があるとか、もちろんそのとおりであると思うし、社会保障制度が財政的に破綻していて、そのありようは、未来の子どもへの虐待に近い、と医療経済学者の友人から聞かされてもいる。きっとそうなのだと思う。とくにこの財政の問題に対応するために、たしかになんとかしなければならない。改善しなければならないところだらけなのではある。このままでやっていけないところまで来ているという認識は、正しい。

だからといって現状が機能していないわけではない、というのがすごいところだ。先輩方が戦後に精緻につくりあげたこの制度は、ひとりひとりの文字どおり血のにじむような努力によってすばらしいものとなり、現在のところ、おおよそ、よく機能している。

電話をすれば救急車はすぐ来てくれて、優秀な救急隊員がてきぱきと必要なことをしてくれて、患者をストレッチャーに乗せて病院に運んでくれて（もちろん今回はラッキーだったわけで、搬送先病院が見つからない、という話はいくらでもある。わたしたち自身も、数年後にその問題に遭遇することになる）、そこには夜中でも明け方でも、おおよそ優秀な事務方と看護師と医師がいて、近代医療が提供されるのである。夫がどういう人間か、どういうことをしていた人か、どのくらいお金を稼いだ人なのか、どんな家族がいるのか、家族に支払い能力はあるのか……そういうこととは全く関わりなく、ただ、目の前の患者を懸命に救おうとする。これは本当にすごいことである。

救急車を呼んでも運んでもらえる病院がないとか、運んでもらっても専門医がいなかった、とかはよく聞く話であるが、本人の心がけのよさか、ご先祖様のご加護か、夫はあっという間に自宅から最も近い第三次病院（一刻を争う重篤な救急患者に対応する救急病院）に搬送された。そこでは当直の脳外科医が待っており、そのままそこに入院して治療を受けることになったのである。

運ばれた府中病院のＥＲでの検査に次ぐ検査の果て、夫は「バクハツしたバクダン」、すなわち破裂した脳動静脈奇形の手術を受けることになった。その間、ＥＲにてベッドから下りることも許されていないとはいえ、本人は普通に話もできたし、食事もできていた。検査も手術自体も十分にリスクをともなうものであり、家族はみんな覚悟した。本人も、思い残すことがないように、気になることは全て私に頼んでいたし、自分が整理している書類、支払い、などについても全て説明することができた。「この人が死ぬ覚悟」については、この二〇〇九年時点（実際に彼がガンで死ぬことになるより六年前）、「いやおうなしに持つことになった」と言ったほうが正しい。手術は、まだ若く、目つきが鋭く、頑健で、頼りになりそうな脳外科医二人が執刀を担当してくださった。一七時間におよぶ手術だったが成功し、夫は視野狭窄以外のさしたる後遺症も残らず、回復した。現代医学というのは、まことに大したものである。

ごほうびでもらったいのち

手術、というもの、とりわけ脳だとか、心臓だとか、「人間にとってかけがえがない」と言われているところの手術のあとは、いろいろなことが起こる。ただこう言うと、実は語弊がある。人間にとって、脳や心臓でなくても、どこもかけがえのないところなのだ。

たとえば、子宮は取ってしまってもいのちに別状がないから、生殖期を終えたり、子どもを産む気がなかったりする人は、なにかトラブルがあれば、子宮を取ってもよい、などという声も聞こえるが、やはりそういうものではない。女性性のみなもとのような大切な臓器であり、子どもを産まないからいらないとか、産まなくなったから必要ない、とか、そういうものではない。子宮もかけがえのない臓器であり、できるだけ取らないようにして治療すべきだ、ということになれば、婦人科の手術の術式や、婦人科自体の医療界における重要性まで変わってくるのではないか、と思うくらいである。

しかし、ここではその話に深入りはすまい。いまはとにかく、心臓とか、脳とか、人間にとって、なくなったら「すぐに」死んでしまうようなところ、について話そう。

そういうところを外気にさらして手術すると、やはり人間はしばらく、おかしくなってしまう、ということをわたしは学んだ。父は晩年に心臓バイパス手術をしたのだが、その手術のあと、夫も開頭手術のあと、二人とも集中治療室に入っていた。術後しばらく経って目が覚めて意識が戻ってから数日、彼らは完全に、現実ではない世界に生きていた。病室の看護婦にスパイ行為をされているとか、見ているはずもない野球の試合の結果を延々と話すとか、集中治療室にいるのに「そこにあるビールを出せ」とか、看護の人に暴力をふるうとか、本当に、全く正常とは思えない発言や行為に及んだ。

まあ、ともかく、病院の方は大変だったと頭が下がるし、見ているわたしも気が気ではなかった。しかしそのようなよくわからないフェーズを経て、夫はいのちに関わる開頭手術のあと、何事もなかったかのように、この世に復帰した。

術後、数週間して自宅に帰ったら、まずビールを飲んでいたし、食生活も勝手なものばかりを食べ続けていたし、気ままに暮らしていた。気になっていた脳動静脈奇形がすでにバクハツしてしまったのだから、とくに気にすることもなくなったので、「ごほうび」でもらったようないのちをながらえることになり、変わらず気ままに暮らした。

開頭手術から二年後の後遺症

しかしそれから二年後、東日本大震災の直後に、てんかんの発作が出はじめた。もちろん、脳の手術の後遺症である。てんかんは、どういう症状が表に出るかはよくわからないと言われている。世間では「泡を吹いてばたんと倒れる」と思われていることが多いのだろうが、それはほとんど偏見に近い勝手なイメージであると言わねばならない。そういうこともあるが、そうではない症状もたくさんあって、表から見ただけではわからなくてつらい症状も少なくないのである。

夫の場合は、突然左半身が動かなくなることで始まった。この人が実に大きな存在に護られている、と感じるのは、彼は決して一人のときに脳出血を起こしたり、てんかんの発作を起こしたりすることはなく、必ず誰か家族のそばで調子が悪くなるからである。

最初のてんかんの発作は、年のあまり違わない叔父の家を訪ねているときに始まった。叔父に言わせると、一緒にラーメンを食べていたのだが、なんだか食べ方が緩慢になってきておかしい。トイレに行く、というがうまく歩けない。よく見ていると、左半身が麻痺しているようだ。家族に脳腫瘍をわずらった方もあり、本人もいろいろ病気を抱える叔父は、様子を見てこれは脳になにかトラブルが起きているに違いない、と直感し、そのまま夫を近所の東京都立多摩総合医療センターに自分の車で運んだ。

わたしが連絡を受けて病院に着いたとき、夫はすでにお馴染みのERに入院していた。大丈夫だ、と言いつつも、叔父の家で起こったことはなに一つ覚えておらず、ラジオをチューニングしたあとのように、人の聞こえないものが聞こえるようになっていて、「てんかん」の診断がくだされていた。

医者の説明によると、やはり、二年前に行った開頭手術の影響であるという。人間の脳というのは、普通は外気にふれないものであるわけで、開頭手術などすると、それだけで「脳に傷」がつく状態になりやすい。夫は外気にふれる程度ではなく、脳の中をかなり複雑にいじる手術をしたのだから、「脳に傷」は、もちろん、ある。脳外科の手術をした人に「てんかん」の後遺症が出ることは珍しくないらしい。こうして夫は、二年前の手術の後遺症としての「てんかん」を持病として抱えることになった。

「青天の霹靂」とは思わなかった

そのような果てでの、「首が腫れている」ということだったのである。これだけ大病をしていると、家族としては「首が腫れている」と言われても、さほど気にならなかった。医師の間では、「首が腫れる」は「ガンの頸部リンパ節転移」であることが多いことは、実によく知られているそうだ。わたしは医療関係者のかたわれみたいな仕事をしてきたし、夫も某医療関係新聞社を勤め上げた人で、親戚の間ではその「門前の小僧、習わぬ経を読む」的な知識を重宝がられたりしていたらしいが、所詮は素人、知らないことは多かったのだ。

開頭手術やらてんかんの発作やら起こしている夫なので、「首が腫れている」程度で仕事が休めようか。わたしはいつものとおり仕事に出かけ、夫は「皮膚科か耳鼻科に行ってくる」と言っていた。皮膚科じゃないだろう、とはさすがに思っていたが、朝から受診する科に関する意見の相違程度で言い合いになるのもさけたいから、別にどっちでもいいや、と思い、わたしはそのまま出かけた。

首が腫れている、という夫は、まず近所の皮膚科に行く。皮膚科の医師は、それを見るなり、「うちじゃないからすぐ耳鼻科に行きなさい、うちはお金はいらない」と追い返した。案の定、皮膚科であるはずもない。皮膚科のご近所の耳鼻科の医師は、またまた見るなり「すぐ大きな病院に行ってください、紹介状を書くから」と言った。

夫はその足で、またまた東京都立多摩総合医療センターの耳鼻科に飛びこみ、医長先生から「咽頭ガンの頸部リンパ節転移の疑い」があることをすぐに告げられ、CTとかPETとか、いろいろな検査を命じられた。そして短ければ余命六カ月くらいのステージⅣのガンであることがほどなく診断されたのである。

最初に書いたが、ステージⅣとは、ガンが原発部位だけにとどまらず、すでにリンパ節転移が起こっていることを意味する。どこかにリンパ節転移が起こっているということは、別のところに転移している可能性も十分にあり、要するに、ひょっとしたらからだ中にガンが広がっているかもしれない、ガンのいちばん「重篤な」状況である。それでも「青天の霹靂」と思わなかったのは、先に書いたとおりで、この人はすでに三途の川をわたりかけていたところで戻ってきた、という覚悟と感謝が家族の側にあったからである。

ガン細胞にはブドウ糖が集まる

このご時世、いろいろな検査がある。ガンがどこの部位にあるか、ということのいちばん詳しい診断は、ＰＥＴ検査という検査でくだされるという。ＰＥＴとはPositron Emission Tomographyの略であり、日本語では「陽電子放射断層撮影」と呼ぶ検査らしいが、わたしを含めこの国の人の多くはこれがなにを意味するかわからないだろう。

この検査では、ガン細胞は正常細胞と比べて三倍から八倍くらいのブドウ糖を取りこむらしいことを利用して、ブドウ糖に近い成分を体内に注射し、そのブドウ糖に近い成分がどこに集まるかを検知しているのだそうだ。患者と家族用のパンフレットにもそのくらいのことは書いてある。

それを読みながら、ふと、これは実におそろしいことを暗示しているのではないか、と考えた。『炭水化物が人類を滅ぼす』（光文社新書、二〇一三年）という刺激的なベストセラーを書いた夏井睦《まこと》医師は、個人的な知り合いである。彼のたてる議論は実に見事で、現代医療と文明への鋭い批判に満ちていて、わたしは彼と知り合って以降、本格的な糖質制限生活に入ることになった。「人間にブドウ糖は必須、脳の栄養はブドウ糖だけ」ということはウソであると見抜いている医師は彼だけではない。『ケトン体が人類を救う』（光文社新書、二〇一五年）という、もちろん先述の本を意識したタイトル（編集さんが同じなのである）をつけた、産科医の宗田《むね》哲男氏による、赤ちゃんはブドウ糖ではなくケトン体で生きている、という本もあらわれた。

わたしは一応、医療における科学的根拠の枠組みを提示する疫学者としてしばらく生きてきた。どのような科学的根拠もパーマネントではない。塗り替えられる。現今の栄養学は塗り替えられていくであろう。このPET検査のことを聞いたときも、どきっとした。

ガン細胞にブドウ糖が集まる。これは、ガン細胞はブドウ糖によって育つ、ということではないのか。ブドウ糖があればガン細胞は好んで取り入れるのである。この検査ができあがってきた経緯はわからないが、ネットで調べると、「ガン細胞は、正常な細胞に比べて活動が活発なため、三〜八倍のブドウ糖を取りこむという特徴がある。PET検査では、その特徴を利用してたくさんブドウ糖を取りこんでいる細胞を探し、ガンを発見する」旨がはっきりと書いてある。つまり、おそらく、ガン細胞はブドウ糖をとればとるほど、育つのではないのか。

これを読んでやはり、糖質は制限すればするほどよいのではないか、糖質の摂取量とガンの発症には関連がある、という仮説をたてられないか、などと考えないわけにはいかない。案外、こういう直感は正しい。糖質制限食の未来について、あらためて考えさせられる。おそらく医療関係者にも、このことに気づいている方が少なくあるまい（本稿執筆後、やはり医師によるそのような本は出版されている。古川健司『ケトン食ががんを消す』〈光文社新書、二〇一六年〉など）。

そのPET検査をしてみたら、どうやら夫のガンの原発部位が中咽頭であることは間違いない、ということになった。もちろん腫れている首のリンパ節転移も確実。そして大腸あたりにもガンが疑われる部位があったらしく、詳しい検査をしてみたらその確定診断もできるらしい。

でも、すでに首が腫れてステージⅣ、末期ガンの診断がおりているのに、いまさら別のところにガンを見つけてどうする。夫は、もう、なんの検査もやらない、と言った。わたしもそう思う。ほかの場所にガンが見つかったところで、しんどい思いをして治療している間に、頸部リンパ節の末期ガンがいのちを奪ってしまうかもしれないのに。もう、ほかはいい、そういう気分だった。夫もわたしも。

ゆるぎない方針

この人は、もともと「がん検診」はやらない、という方針の人であった。一九九六年に出版された『患者よ、がんと闘うな』（文藝春秋）で話題になり、そのあとも刺激的な論考を展開しておられる放射線科医、近藤誠氏を心から尊敬しており、彼の方針が、夫のガンその他の病気に対する方針になっていたのである。

夫は、一九九七年『「がんと闘うな」論争集—患者・医者関係を見直すために』(日本アクセル・シュプリンガー出版)や一九九九年の『「治らないがん」はどうしたらいいのか』(日本アクセル・シュプリンガー出版)など、近藤氏のガンに関する初期の編著書何冊かの編集者であり、個人的にも近藤先生と親交があった。彼の本をよく読んでおり、自分にはいちばん納得がいくこと、と思っていたようだ。

近藤氏の主張を彼なりに解釈し、彼なりに持っていたガンに関する考えは以下のようなことである。これはそのまま近藤誠氏の主張、というわけではない。夫が、自分で解釈して自分のガンに対する方針にしていたことである。

いわく、世間では「がん検診」を受けて早期発見することが大切なように言われているが、症状もないのに、検診で見つかるようなガンは、実は治療する必要のない〝前ガン状態〟であることも多い。なにも症状がない段階でガンが早期発見されると、治る可能性があるのだからと、手術や抗ガン剤などの治療をすすめられることが多いが、生活の質、という点から考えると、症状も出ていない状態で検診でガンが見つかったといって、手術したり、抗ガン剤治療をしたりすると、本人としてはよけいつらい状態になる。先々が不安だから、と、元気なからだを無理やりつらい状態に持っていくようなものだ。

だから、「がん検診」は一切やらない。自分から症状もないのに、ガンを探しに行ったりしない。ガンは症状が出てから治療するのでよい。また、症状が出たからといって、ムダな手術や抗ガン剤使用によって、ガンを〝いじめ〟ると、それはさらなる苦しみにつながる。ガンはできるだけほうっておいて、穏やかに死にむかうのがよい。

しかし、症状が出て、つらくなったら、痛み止めや緩和治療はしてほしい。症状で苦しみたくはない。結果として、ガンは、症状が出て、診断されてから、すぐには死なないことが多い。そのあたりが心臓発作や脳出血と違い、自分に時間が残される。死ぬまでの準備もできるから、ガンで死ぬのはよいことだ。できるだけガンで死にたい。と、おおよそ以上のようなことを、ゆるぎない方針として持っていたのである。

いまとなっては、「死」という結果が出ているので、家族としても冷静にふりかえることができるが、この方針はけっこう的確であり、おおよそ本人の望むように死んだのではないか、と思われる。

「ガン」という診断がくだされると、本人も家族も動揺はかくせない。ステージⅣの末期ガン、という診断は、青天の霹靂ではないとはいえ、やはり衝撃はあった。では、それが、原発の中咽頭ガンのころに見つかっていたら（見つかりにくいとは言われている部位のガンなのだが）よかったのか、と言われると、全くそう思わない。いつからあったかわからないがそこにあって、わたしたちもガンだ、とわかって、ああ、脳出血でてんかんでガンなんだ、と思いながら長く暮らすべきだったか、と言われると、家族としてはちっともそう思わないのである。

ゆるぎない方針を持つ、ということは、ふりかえってみれば、実によきことであった。深刻な病気になって、とくにガンのような治療法が確立しているとまだはっきりは言えないような病気にかかると、患者と家族はどの治療法を選択すべきか、翻弄されやすい。疼痛管理、つまり、痛みの軽減はかなりできる時代に入りつつあるので、いちばんの苦しみはこの「翻弄」ではないのか、と考えたりするのである。

第4話　いちばん怖かったこと

介護をするときに怖いこと

死にゆくプロセスを家で看取る。ガンの末期の家族を家で看取る。本書のテーマはそのことである。それは、そんなに怖いことではなくて、家族が決意すれば可能なように思う、ということを、末期ガンの夫を看取った経験をふりかえりながら書いている。家で看取ること自体は、怖いことではなかった。むしろ残るものが励まされるありがたいことだった。でも、一連のプロセスの中で、怖いことは、やっぱりあった。

もちろん。

死にむかう人を介護するとき、わたしたちはなにが怖いのか。死そのものへの怖さは、もちろんある。死は悲しいし、つらい。もう会えなくなるのだから。それに、生きている人は誰も自分で死を経験していないから、不安も多いのだ。でもそれを乗り越えるために人間は宗教をつくりあげたりしてきたのだし、死をどのようにとらえるのかということは人生をかけて考えるべきことでもあるし、死そのものが怖い、というのとは少し違うように思う。

人を介護するときに怖いのは、金銭的なことも含めて、自分の限界を超えるようなことを求められるのではないか、ハードでヘビーな現実的体験があるだろう、と思うのが怖いのではないだろうか。

いちばん怖かったフェーズのことを書いてみよう。人によってフェーズは違うかもしれないけれど、やっぱり「すごく怖いフェーズ」は、誰もがどこかで乗り越えなければならないのではないか、と直感で思うからだ。でも、おそらく、「すごく怖い」フェーズは、そんなに長く続くまい。そのフェーズは終わるし、終わらないとしても、慣れる。そして、そのフェーズはおそらく、死にむかう、最後のフェーズではない。

「容態の急変」と「排泄」

介護の上で怖いこと。医療や介護のプロではない、普通に生活するものにとってなにが怖いだろう。これは「容態の急変」と、「排泄」に関わることではあるまいか。「いざというとき」、という言い方をわたしたちはたくさんするけれども、誰かの看病をしているときの、この、「いざ」というのは、多くの場合「容態の急変」だと思う。具体的には、ばったり倒れる、だったり、意識を失う、だったり、ものすごい痛みで七転八倒する、だったり、わけのわからないことを叫び出したり、言い出したりする、とか、そういうことなのではあるまいか。家族がそういうことになったら、やはりまわりは狼狽する。現代ではまず救急車を呼ぶ、ということになるのだが、どちらにせよ、非日常の極みだから、誰も慣れていないので、怖い。

もうひとつ怖いこと。それは、「排泄」に関わることではないか。排泄物との闘い。要するにウンチとかおしっこ。このウンチ、おしっこの持つ力はすごい。わたしたちの近代的暮らしは、ウンチ、おしっこを遠ざけるところから始まっている。

五〇代後半であるわたしの年代にとって、ウンチ、おしっこのにおいは、幼いころには馴染みのあるものだった。わたしが小学生のころ、母の生まれ故郷、山口県のいなかでは、トイレはもちろん汲取り式トイレであり、しかも畑をつくっていたから、汲取り式トイレにたまった糞尿《ふんにょう》はバキュームカーが来て吸い上げるのではなく、叔父が「肥桶《こえおけ》」で定期的に汲取り、畑に持っていくものであった。

肥桶に入れられた排泄物は畑のそばにある「肥だめ」にしばらくためられてから、肥料として畑に撒かれる。子どもたちの誰かが、山で遊んでいて、ときおり肥だめに落ちる、というのはなんの珍しいこともない、いなかの日常であった。畑のある地方に育った人なら、こんなことは誰でも知っている。

都会に住んでいても一九六〇年代の日本はほとんどのトイレが汲取り式だったのであり、清潔に保たれてはいても、排泄物のにおい、というのは、トイレに入れば、する。ウンチ、おしっこのにおいは日常的に漂っていたのだ。だいたいいまの若い人たちは、トイレに入って、下にたくさんの排泄物がたまっているところにしゃがんで用を足す、という状況自体におそれを感じるのではあるまいか。だが、二〇一〇年代に五〇代以上の方は、おそらく家のトイレが汲取り式だった時代の記憶が明確にあるだろう。

いまでこそトイレは、ゆっくり座って新聞でも読もうか、などという、臭くもなく、明るくて快適で瀟洒《しょうしゃ》な空間であり得ているが、もともと日本のトイレというか便所は、暗くて寒いところにあり、用を足す場所の下には排泄物がたまっており、清潔にされていても、確実ににおいはして、とても新聞を読んだり、ゆっくりしたりするような場所ではなかった。しゃがんでさっさと用を足して出てくる以外に考えようのない場所であったのだ。

スリッパが置いてある家も多かったが、このトイレのスリッパというか、トイレのはきものを、幼い子どもはよく、落としてしまって叱られたものだ。「せっちん」という妖怪が夜になるとトイレの中から出てくる、という話も十分に真に受けられるほど、トイレの穴は排泄物の存在とにおいを通じて、異界につながる黒い闇につつまれていた。

その黒い闇は、都市ではバキュームカーが来て吸い取るたびに、白日の下にさらされる。それなりの都市に住まう幼いわたしは、バキュームカーが来るたびにそっと家のトイレに行き、深い便壺の闇が日の光にさらされている様子を、文字どおり怖いもの見たさでのぞきこんだものである。白いウジがいたりしたこともあって、それはまことにおそろしい世界であった。

排泄物の存在とにおいのすごい力

ほんの半世紀ほど前には、日本人のほぼ全員が、そんな滞留された排泄物と、共存していたのである。これは、西洋社会の方々には驚愕を持って受け止められていたようであった。「汲取り式便所」を英語で pit latrine（ピット・ラトリン）と言うが、これは西洋社会では前近代社会の象徴であり、未開社会のシンボルなのである。上水道、下水道が整っていないからこそ、ピット・ラトリンが存在するのであって、要するに糞尿をためているような社会に、近代は訪れないと考えられていた。

ヨーロッパを代表する公衆衛生校のひとつであるロンドン大学衛生熱帯医学院はわ

たしの母校であり、一〇年働いた職場でもあったが、そこにいた衛生学の専門エンジニアである同僚は、日本のことを、近代社会が確立されたあともピット・ラトリンと共存している社会、と定義しており、アフリカや南アジアからの留学生を驚かせていたものである。ラテンアメリカやアフリカ、アジアの都会を含む西洋社会と西洋植民地社会の都市では、すでにわたしの二世代前くらいから、「水洗便所」が整備されている家に住んでいるから、近代都市におけるピット・ラトリンとの共存は、彼らにとって驚異なのである。

もっとも、上下水道の整備が近代社会の条件かというと、もちろんそうではなくて、なんと紀元前二五〇〇年ごろに栄えた、インダス文明の遺跡であるパキスタンのモヘンジョダロでは、びしっと上下水道が整っている姿が見られるそうだから、いったい人間の文明というのは時間軸とともに進んでいるのか、遅れているのか、さだかではない。

パキスタンで長く働いていた友人は、パキスタン人からこんなふうに聞かされたという。「君ね、どの国にもねえ、その国がいちばん栄えた時代があるんだよ。パキスタンではモヘンジョダロの紀元前二五〇〇年ごろがいちばん栄えた時代だったんだね。あれを頂点としてこの国はもう、ずっと衰退の一途をたどっているんだよ。いまなんかねえ、ずいぶん遅れた時代ということなんだよ、この国にとっては……」。うーん。四五〇〇年前が頂点か。縄文中期だからなあ、日本では。

我が国は、いま頂点を極めているのか、衰退しているのか、とりわけ江戸時代のようなほがらかな自己完結型エコ社会の像などを『逝きし世の面影』（渡辺京二 平凡社ライブラリー）で見せられたりすると、さだかではない。とはいえ、とにかく、わたしたちは、この五〇年でピット・ラトリン、つまりは汲取り式便所の駆逐にほぼ成功し、排泄物を水とともにさっと流してにおいが残らない生活に慣れたから、いまや、排泄物の存在とにおいは、わたしたちをおそれさせるようになった。

排泄物の存在とにおいにはものすごい力があって、理性は吹き飛び、人間存在の原初に引き戻される。おそろしいことである。介護や人を看取るプロセスでも、大きな力を発揮する。家で介護していて、もうダメだ、これは家では看ることができない、と家族が判断する大きな要因のひとつが、このウンチとおしっことの闘いである、と言わねばならない。排泄のコントロールができなくなる人があり、排泄物で部屋が汚れ、そのにおいが家中に漂うようになることに、近代生活をしているわたしたちは、耐えることができないのだ。

怖いこと。だから、それは「容態の急変」と「排泄」のことに集約されていく。我が家でもそうであった。いちばん怖かったフェーズは、夫が「ばったり倒れ」、排泄コントロール不能になったフェーズであった。前にも書いたのだが、夫の実際の末期は、最後の半日でさえも自分でトイレに行ける状態であった。しかしそこに至るまで、「怖い」フェーズもやはり、あったのだ。

「ばったり倒れる」フェーズ

ばったり倒れる。これは怖い。本当に怖い。ばったり後ろ頭から昏倒《こんとう》する。なんと言ってもこれは、怖かった。六八歳で死んだ夫は、余命あと半年、と言われてから二年生きた。家で死んだのでそのプロセスをずっと見てきた。いま思い返して、いちばんつらかった、というか、いちばん参った、というか、いちばんこたえたのが、この

「ばったり倒れるフェーズ」であった。それとくらべたら、「最後の日々」、死にむかう日々は、むしろ輝かしいような日々だった。

この「ばったり倒れる」フェーズは二度あった。一度目は、中咽頭が原発と疑われる、頸部リンパ節転移のステージⅣのガンが見つかって二週間ほどしてから、つまりは、亡くなる二年前。二度目は、ガンが見つかって一年後、亡くなる一年前である。要するに、死ぬ一年前と、二年前に、この「ばったり倒れる」フェーズがしばらくあった、ということである。

「発作」が起きて、倒れる。実は、実際に「ばったり」倒れたのは数回であるが、「発作」自体は数知れず起こった。一度目は、三週間にわたって。二度目は四週間以上。いま思えば、その時期がいちばんはらはらして、怖かった。それとくらべたら、死、そのものは穏やかなものだった、とも言える。最後は起きられないくらい衰弱しているから、むしろ、「ばったり倒れる」心配はない。普通に立ち歩いていて、突然発作を起こして「ばったり倒れる」、というのが怖いのである。

ひとりひとりのガンの症状は、もちろんその部位によって、どんなふうにあらわれるかが異なる。ある程度の予測は医療関係者にもできるようだが、細かいところまではわからない。まして我が家のガン患者は、ガンになる前にすでに脳出血もやり大手術もやって、てんかんも起こるようになっていたから、いったいどこまでがどの病気の症状なのかもわからない。

頸部リンパ節転移の末期ガンが見つかった時点では、脳出血の手術の後遺症はてんかんと視野狭窄だが、てんかん自体は薬でよくコントロールされていて、なんの症状もなかった。身長一七五センチ、体重七〇キロ。首が少し腫れていることに気づいた以外は、自覚症状は全くなかった。首に気づかなければ、そのまま、ガンだと思わずに生活し続けたのだろうと思うくらい、元気にしていた。

首の腫れに気づいたのが四月一六日。四月二二日にCTによって、診断がくだされる。部位と進行状況から、はなから、手術は不可能という診断で、できる治療は放射線と抗ガン剤と、主治医から言われた。連休明けの五月八日から入院加療の予定になっていた。

ガンの診断をされた時点では、主治医の耳鼻科医は、「痛みが出てきたときの頓服を出しておきましょう」と、子どもでもおとなでも飲む、世の中でいちばん出回っている痛み止め、パラセタモール（商品名カロナール）の、ごく普通の用量のものを、おまじないのように、わたしてくれただけだった。これからどんな症状が出るんでしょうか、と聞くわたしたちに、担当医は、声がかすれたり、痛みが出たりしてきます、放射線と抗ガン剤がきいたら、少し抑えられるかもしれない、とていねいに説明した。

初めて倒れたときのこと

診断時点では何の症状もなかったけれど、一週間ほど経つと、声がときおりかすれてきた。やっぱりこういうものなのかなあ、と話す。激烈な「怖い」症状が出はじめたのはガンの診断から二週間ほど経った、五月三日の夜のこと。いつものように、けっこうな量のお酒を飲み（もちろん、脳外科医からも、耳鼻科医からも、てんかんの主治医からも、お酒を好きに飲んでいいと言われているはずもないが、人間は飲む）、風呂に入った。いつもひとりで風呂に入るのだが、この日はなぜか一緒に入ったほうがいいような気がして、わたしは風呂場にいた。

郵 便 は が き

料金受取人払郵便

代々木局承認

1536

差出有効期間
平成30年11月
9日まで

1 5 1 8 7 9 0

203

東京都渋谷区千駄ヶ谷 4 - 9 - 7

(株) 幻 冬 舎

書籍編集部宛

1518790203

ご住所 〒 都・道 府・県	
	フリガナ お名前
メール	
インターネットでも回答を受け付けております http://www.gentosha.co.jp/e/	

裏面のご感想を広告等、書籍の PR に使わせていただく場合がございます。

幻冬舎より、著者に関する新しいお知らせ・小社および関連会社、広告主からのご案内を送付することがあります。不要の場合は右の欄にレ印をご記入ください。

不要 □

本書をお買い上げいただき、誠にありがとうございました。
質問にお答えいただけたら幸いです。

◎ご購入いただいた書籍名をご記入ください。

『　　　　　　　　　　　　　　　　　　　　　　　　』

★著者へのメッセージ、または本書のご感想をお書きください。

●本書をお求めになった動機は？

①著者が好きだから　②タイトルにひかれて　③テーマにひかれて
④カバーにひかれて　⑤帯のコピーにひかれて　⑥新聞で見て
⑦インターネットで知って　⑧売れてるから／話題だから
⑨役に立ちそうだから

生年月日　西暦　　年　　月　　日（　　歳）男・女				
ご職業	①学生	②教員・研究職	③公務員	④農林漁業
	⑤専門・技術職	⑥自由業	⑦自営業	⑧会社役員
	⑨会社員	⑩専業主夫・主婦	⑪パート・アルバイト	
	⑫無職	⑬その他（		）

ご記入いただきました個人情報については、許可なく他の目的で使用することはありません。ご協力ありがとうございました。

まだ、わたしが脱衣場にいるとき、湯船に入った本人が、ずいぶんふらつく、と言う。トイレに行きたいと言って、湯船から立上がると、ああ、ダメだ、と言って風呂場に便失禁する。本人は風呂場の隣にあるトイレに行こうとして脱衣場で便をもらしながら歩き、トイレの前の廊下で倒れた。わたしがそばにいたので、なんとか頭から倒れることはさけられたが、相手は七〇キロ、こちらは五〇キロ程度なので支えられない。そのままトイレの前で真っ青になり、便失禁は続いた。

手も足も冷たく、明らかに血圧が下がっている。さしあたり、まわりの便をどけて、毛布をかけ、様子を見ていると落ち着いてきて、少し立上がれるようになる。首の痛みがあると言うので、医者にもらった頓服のパラセタモールを飲ませ、そのまま、ベッドに運ぶと本人は眠りにつき、穏やかに眠った。「ばったり倒れる」フェーズの第一期が、このとき、始まったのである。四月半ばに首が腫れたことに気づいて、ガンの診断がくだされ、五月八日に入院して放射線、抗ガン剤で治療することが決まっていた、そのわずかな期間に、このフェーズが始まったのだ。

この日は、それで終わった。本人を寝かしつけて、足が冷たいので足下に湯たんぽを入れて、布団をかけて、次は便失禁の始末である。子どもも育てているし、老人介護もやったから、排泄物に不慣れなわけではない。しかしおとなが派手に便失禁したあと、というのは、なかなか、ハードな状況である。風呂場から脱衣場、廊下に至るまでの大量の便とそのにおいは、わたしをして、「ガン末期患者がいるのだ」という覚悟を決め、ハラを据えさせるに十分なインパクトがあった。これが、本人が亡くなる約二年前のできごとで、ふりかえってみると、この「倒れる＋便失禁」が、いちばん「怖い」時期であったと思うのだ。

伊豆に出かける「暴挙」

この状況はこの時点でしばらく続く。最初に倒れた時点では、いったいなぜ倒れたのか、わからない。もともとてんかんの治療を受けていたわけだから、てんかん発作だったのか、と、そのときは思っていたし、意識がないわけでもなかったから、救急車も呼ばなかった。本人はよく眠り、次の朝は元気で、伊豆高原には予定どおり行こうと言う。

前の夜にそういうことがあって、直後に、よく出かけようなんていう気になるな、といまになれば思うのだが、それはいまだから思えることである。当時の夫は、倒れていないときは元気なのであり、元気なのだから、なんでもやりたいことはやると言う。もともと、天上天下唯我独尊な人なので、やりたいことはやり、やりたくないことはやらないから、こちらがなにを言っても無理である。

「倒れて、便失禁」は五月三日の夜で、翌々日から小さな別宅のある伊豆高原に出かけることにしていた。五月八日から数週間の入院加療が決まっていた。本人はこの連休を利用して大好きな伊豆高原にわたしと出かけようとしていたので、起き上がれて「元気」になったら、行きたいのだ。

意味づけや理由づけや解釈、などというものは全て後づけであり、渦中にいるときは、起きていることの意味をどうとらえるか、などというロングスパンの理性的対応は、実際にはできていない。「思いもかけない最初の発作の翌々日、泊まりがけでどこかに出かける」という、いまにして思えば単なる暴挙、も、そのさなかにいる我々にとっては暴挙でもなんでもない、毎日の生活の延長上のできごとにすぎなかった。

前の日に倒れた夫を持つ妻のわたしは、十分に心配していたと思うし、住居の一階を満たした大便のにおいとその始末のインパクトにまだ覆われていたはずなのだが、行くのをやめましょう、という気にはなっていなかった。

ひとつには、本人が入院前に是非行きたい、というところにはなんとしてでも連れて行ってやりたい、という、括弧つき「愛情深い思いやり」、別名では使命感に根ざしたとんでもないおせっかい、が、わたしのスタンスであったからであり、もうひとつには、この入院前の時期に、「伊豆に行く」「いや心配だから行くのをやめよう」などという口論をするのが面倒くさかったというか、いやだった、ということがある。本人はいつもやりたいことはやってしまう人で、実は、わたしもそうで、お互い、そういうことに対して口を出しても、行き場のない口論になるだけであり、気持ちのよいことにはならないと知っていた。

だから、このインパクトの強い「ばったり倒れる」イベントのあとに、伊豆に出かけてしまったのであり、それから二年間、何度もそのようにして、行きたいところには行くしかない、を、客観的には単なる暴挙として何度も繰り返した。結果として、出かけた先でなにかものすごく困ったことにはならなかった。理性的判断をして、行きたいところにも行かないで家にじっとしている、ということをやらなくてよかった、といまは思える。いまでこそ思えるが、倒れて二日後に伊豆高原に出かけたのが暴挙でなかった、とは、やはり言えない。

具合が悪かったのだから、わたしの運転で、車で行こう、と言ったが、本人は連休で混むから車はいやで、伊豆には電車で行くのだ、とゆずらない。東京生まれの人の伊豆や箱根への憧れは、関西人であるわたしの想像の遠くおよばないところにある。東京で生まれ育った夫にとって、「踊り子号」で伊豆に行くことこそ、休日にやるべきこと、なのだ。

着替え一式は持っているのだから、いざとなれば着替えさせようと、はらはらしながらも電車に乗り、なんとか伊豆高原の小さな家に着き、彼はいつもどおりお酒を飲みはじめ、案の定、夕方五時ごろ、二度目の発作を起こした。突然気分が悪いと言いはじめ、ふらつき、顔から昏倒しそうになったのでなんとか支える。またあぶら汗をかいていて、真っ青で、手足が冷たくて、血圧がひどく下がっているみたい。首に強い痛みがあると言うので、なんとか痛み止めを飲ませる。この日は便失禁はしない。発作だけだった。

またなんとか寝かしつけ、一晩経ったら同じように元気になっていた。さすがに二泊する勇気はなく、次の日、道中で発作を起こさなければよいが、と、いまいちどはらはらしながら電車に乗り、家に着いたときの安堵は忘れられない。末期ガンと診断された患者が発作を起こしているのに、よく出かけたものだ、という理性的コメントは、何度も言うけれど、いまだからできるのである。

入院前日の夜の発作

二度目の発作が五月五日。入院加療が始まる三日前で、連休中ではあるし、もうすぐ、入院するのだから、医者に診てもらうのはそれからでいいや、と思っていたこともあり、こんな容態の急変なのに受診もしなかった。というか、させなかったわたしも、いま思えば、全く理性的でない。しかし、現実とはそういうものだ。本人はいつもどおりやりたいと言うし、どうせ入院したら好きな酒も飲めないし、毎日医者に囲まれて暮らすことになり、いやでも症状を説明されるわけだから、それまでは、勝手にしていたいのだ。それでけっこう、と思う以外に、家族としてはできることもない。入院するための書類や着替えや必要なものを全て準備していた五月七日、つまりは最初の発作から四日目、夫は、いちばん大きな発作を起こした。

入院前日の夜、入浴して、しばらくベッドに寝ていたのだが、首が痛い、と言ってベッドを下りようとする。うまく立上がれず、ベッドの脇でしりもちをつく。なんだか、エヘエへと意味のないことをつぶやいていて、明らかに様子がおかしい。痛いと言うから、痛み止め（この時点で出てくる痛み止めは全て前述したパラセタモールという、ごく普通の軽い痛み止めであり、麻薬系のものではない）を飲ませ、座りこんでいる彼をベッドに戻そうとするが、うまく立上がれない。でもなんとか寝かしつけると、「ちづるさんも寝て」と、普通にしゃべるので、わたしも横になったところ、寝かしつけたばかりの夫は、首が痛い、と言っておもむろに立上がり、立上がるなりベッドの脇に後ろ頭からどーん、と昏倒し、いびきをかきはじめた。

幸運だったと思うのは、夫は後ろ頭から昏倒したが、昏倒した先に、家具や、ものがなにもなかったことだ。ベッドの脇で倒れたのだが、我が家のベッドの脇には実はいろいろなものがあった。時計やちょっとしたものを置く脇机とか、空気清浄機とか。だいたい、とても狭いスペースだった。昏倒する向きが三〇度でも違っていたら、なにかで頭をしたたかうちつけていたと思うのだが、頭の下にはなにもなかった。後ろ頭から床にどーんと倒れたのだ。そしていびき様の息。

人生三度目の救急車要請

人生には何度、救急車を呼ぶ、という事態があるものだろうか。幸いわたしはそんなにたくさんはなかった。初めて救急車を呼んだのは、中学二年生のときだった。父は単身赴任で家にはおらず、母と二歳になったばかりの妹と、祖父母と一緒に住んでいた。風呂から上がって（こうやって書いていると、風呂上がり、という時間帯は容態急変が起こりやすいことがわかる）、鏡台の前に座っていた母が苦しいと言う。

鏡台の前に座る母、という図も、いまや、説明しなければわからないものかもしれない。わたしの母の世代まで、「鏡台」というものは必須の嫁入り道具であった。女たちは鏡台の前に座って、化粧をし、髪を整え、身繕いをした。各自の個室などというものの存在しない、あけっぴろげな家族の公的スペースのみが広がっている日本の家屋において、鏡台のまわりは家の女のプライベートスペースであったのだ。鏡台には、きちんと覆いがかけてあり、引き出しには櫛《くし》や化粧道具をはじめとする、母しか手をふれることのない女の道具があるのだが、ぎっちりとつめられることは絶えてなく、いつも余裕を持って、きれいに配置されていた。私より上の世代の男性たちも、鏡台の前に座る母、という姿に必ず見覚えがあることだろう。

おそらくは一九六〇年代以降の高度成長期、女たちの憧れは単なる「鏡台」から、「三面鏡の鏡台」を持つことへと変わっていく。覆いのかかっていた一枚鏡の鏡台では、後ろ姿を見ることはできない。女たちは小さな手鏡で髪型の後ろをチェックしていたものだが、そこに颯爽とあらわれた三面鏡。この三面鏡にうまく角度をつければ、後ろ頭も後ろ姿もチェックできる。鏡をあわせることによる魔法のような世界は、おそらくわたしだけではない多くの子どもにとって、わくわくするような遊びだったと思う。母の三面鏡の前で、鏡をいろいろに動かして、自分の顔が無限の数に見えることにいつも心を奪われていたものだ。

そして多くの三面鏡は、正座しなくてもよいように、「スツール」がついていた。一九七〇年代の女たちは、スツール付きで、座って化粧できる三面鏡に憧れたのだ。スツールに座るわけだから、三面鏡はそれなりの高さになり、引き出しも多くなり、スツールの中にも、ヘアカーラーやケープなどを収納できるようになっていた。引き出しやスツールの中は、子どもの知らない女の世界の凝縮で、母のいないとき、いつも引き出しをあけたりスツールをあけたりして、化粧品や花椿会の景品の美しいコンパクトなどに、うっとりしたものである。

母のそんな三面鏡の鏡台は、二階の廊下の奥にあった。毎晩風呂上がりに母はネグリジェを着て三面鏡の前に座り、化粧水をつけたり乳液をつけたりしている。わたしが中学二年生のある夜、母はそこで胸が苦しい、と言いだしたのだ。苦しい、苦しい、と言い、胸を押さえて、顔が真っ青になり、息ができない、と言う。

母はもともとからだがそんなに丈夫な人ではなくて、すでに何度か入院加療もしたことがあったから、わたしがあまりあわてなかったことだけは、覚えている。そばにいる人が胸が苦しい、息ができない、と言っているときに中学生にできることは救急車を呼ぶことしかない、と思って、一一九番に電話した。これが人生初の救急車を呼んだ経験。救急車には、家にいた祖父に同乗してもらって、わたしは二歳の妹に、心配ないからね、お母さんはすぐ帰ってくるよ、と言いながら寝かしつけたことだけは覚えている。

母は救急病院に運ばれ、心臓の検査などをたくさんされたらしいが、結局翌週、「検査ではどこも悪いところはない。これは心身症である」という診断を受けて自宅に帰ってきた。母はそのあと、近所の市場に出かけることさえままならないくらい、きつい状態を過ごしたのだという が、いま思えば三〇代半ばの母はいったいなににそれだけのストレスを感じていたのだろうか。そのことについてはまた別の機会にゆっくり考えよう。

その後、第3話にも書いたが、夫が脳出血で倒れたときにも救急車を呼んだから、今回、ベッド脇で倒れた夫を見ているときが、人生三度目の救急車要請であった。五〇代で人生三度目の救急車要請、というのは、おおむね穏やかな人生であったということを、示しているように思える。

入院先でないERへの搬送

ベッドの脇で後ろ頭から昏倒し、意識がない、と思っていた夫は、わたしが救急車を呼んでいる間に、起き上がっていた。なんと数分の間に、便失禁したからだを洗うために、風呂場に行ってシャワーをかけている。もちろんまだふらふらしているから、そのまま脱衣場に座りこんでしまい、また、起き上がることができない。なんとかまわりを片付け、本人が寒くないようにバスタオルなどをかけて、動かないで、とたのみ、救急車を待った。

救急隊が到着したので、「末期ガンで明日から入院の予定」と伝えたものの、救急隊としては、呼ばれた理由は、「後ろ頭から昏倒していびき様の息をしていた」ことになるから、脳外科に運ぶしかない。ガンで救急車が呼ばれたわけではないから、脳外科の救急を探すしかない。明日から入院するというのに、救急外来がいまはいっぱいで運ばせてもらえない、という理由で、入院予定先の東京都立多摩総合医療センターには運んでもらえず、結局、近くの立川市にある災害医療センターのERに運ばれ、脳のCTをとる、という。脳のCT検査というもの自体が必要なんだか必要じゃないんだかわからない状況となったが、夫はちゃんと息をして生きているので、ま、いいか。

救急車が来て搬送先を車内で決めようとしているとき、救急隊員はいろいろな質問をする。救急車にいるとき、本人はすでに意識があり、しゃべってはいるが、返答がめちゃくちゃである。わたしがまたも、「怖い」と思ったのは、救急車の中で、彼が、自分が「ガンで明日入院することになっている」ことをさっぱり覚えていなかったことである。「ガン？　オレが？　脳出血はしたことがあるけどな」みたいに、まともにしゃべるのに、内容はめちゃくちゃなのである。これはいったいどうなってしまうのだろう、と本当に「怖かった」のだが、とにかく搬送先のERに運び、手続きをして、わたしは夜中の二時に帰宅した。すごいにおいの一階の風呂場及び脱衣場及び寝室のそうじをイノシシのような勢いで終えたときには、朝の四時ごろになっていた。

ガンが進んで発作が消える

この「ばったり倒れる」発作、は、その後、彼が入院してからも何度も続いていた。「なんとなく痛みが出て、気分が悪くなり、立っていられなくなって、失神、失禁」がいちばん激烈なパターンであるが、失神まで至らない発作もひんぱんに起こしていたようだ。ようだ、というのは入院していたから、わたしが知らないのだ。

入院して放射線治療と抗ガン剤治療を受けはじめてだいたい二週間くらいで、この発作は消失した。そして、治療の一年後に、再度起こるようになり、それは四週間続く。要するに、末期ガンの診断を受けてすぐ、三週間くらい発作を起こすようになり、治療とともにいったんおさまり、一年後再発し、また四週間発作を起こし、その後おさまり、それから一年後に亡くなった、ということである。

この「発作」は耳鼻科の担当医によると、「迷走神経反射」なのだという。リンパ節転移しているガンの部位が首筋であり、ここには、「迷走神経」が走っている。そこをガンが刺激するような形になるから、発作が起きるのではないか、というのだ。

担当医も最初はあまり確信をお持ちでなく、夫はてんかん持ちだから、「てんかんの発作」ではないのか、とも思っておられたようだが、てんかんの薬の血中濃度が十分であることがわかり、「ガンによる迷走神経反射」であることは確定したようだ。ガンによるものだから、ガンが縮小すれば起こらない。だから、放射線治療を始めて、外から見ても首の腫れが小さくなってきたころ、発作は起きなくなってきたのだ。

入院加療から一年後、また首が腫れてきて、「発作」が起きるようになった。一年後の発作が起きはじめたときは、本人もわたしもショックではあったが、「痛みが起きて気分が悪くなる」時点で座りこんでもらうように言ったら、「ばったり倒れる」までに至ることはほとんどなくなった。本人も、家族も、「発作慣れ」してきたのである。

最初の発作フェーズから一年、この二度目の発作フェーズが起きた時期は、すでに入院加療はせず、ずっと家にいたのだが、結果として四週間で二五回くらい発作を起こし、そして、それだけのけっこうな回数の発作を起こしたあと、発作は起きなくなった。

実際、担当医には、「そのうち、発作は起きなくなります」と、はっきり言われていた。「迷走神経をガンが刺激しているので、発作が起きるのです。ガンがもっと大きくなってきたら、迷走神経を壊してしまいますから、そうなったら、発作は起きなくなりますよ。あんまり発作がおさまらないようなら、迷走神経を取り除いてしまう、という方法もあるくらいですが、ご主人の場合は場所が場所なので、そういう手術はできません。そのうちおさまりますから……」みたいな感じ。

「なにかできることはないんですか、発作を抑えるために?」と聞いても、きっぱり「ありません」と言われる。「迷走神経って、ないと、どうなってしまうんですか」と聞くと、「いやあ、別にからだの調節をしてる程度ですから、なくなっても、大したことはないです」と、ドクターはおっしゃる。まあ、末期ガンという事実そのものとくらべたら、他のことは大したことはない、ということなのか。

そして、本当に、ある日、発作はおさまった。ガンが迷走神経を破壊してしまった、ということらしい。ドクターのおっしゃるとおり、迷走神経が破壊されたわけだが、そのことによる影響はなにも感じられない。発作が起こらなくなることは、本人にも家族にもありがたい。つまり「ガンの病状は進んだが、症状はおさまった」のである。

必ず慣れる、慣れればできる

このようにして、死ぬ一年前に、いちばん激烈であった症状自体はおさまってしまった。それから一年、だんだん本人は、衰弱していったし、痛みも多くなって麻薬系の痛み止めを増量していったが、痛み止めはよくきいていたし、おおむね穏やかなフェーズであった。本人がいちばんつらいのだが、起こってくることに、家族も鍛えられていく。最後の穏やかな時間にむけて、あれは鍛錬であった、といまになれば思うのだが、それらは全て「後づけ」の解釈では、ある。「ばったり倒れる」ことと「排泄物との格闘」が同時に起きたこの一連の発作は、わたしには「怖い」ことだった。

どこまで対応できて、どこまで適応できて、どこまでやれるのか、というのは、その時点におけるわたし自身の状態と密接にむすびついている。あの時点では「怖い」ことであったといまもはっきりと思い出せるが、それらはほどなく「怖い」ものではなくなっていった。「怖い」と思っていることでも「何度も起こる」と人間は慣れる。「いやだ」と思っていることでも何度でもやらせるといやだと思わなくなる。これが実は、人類の歴史の中で、さんざんに悪用されてきたことだと思うのは、映画『フルメタル・ジャケット』を見るまでもない。しかしわたしたちは戦争をするのでも、人殺しをするのでもない。誰かの面倒をみるのだ。だったら、起こることには慣れるほうがよい。できなかったことはできるようになるほうがよい。

介護をするとき、や、人の面倒をみるときに「怖い」と思うことが起きたら、とにかく「怖い」と思っている自分のからだをゆるめて、精神的な緊張もゆるめて、自分の状態をよくして、冷静に考えるしかない。死んでしまうまでの間に（ある意味、死んでからでさえも、とも言えるのだが）、「怖い」と思うことに対して、できることはいくらでもある。「ばったり倒れる」ことについては、予兆を察して、倒れる前に、床に座りこんでもらうことに成功していったし、彼の動線にあぶない家具やものを置かないようにすることで、「倒れる」怖さは減っていった。

「排泄物」の怖さは、きっとわたしたちの記憶にひそむ、排泄物にまつわるなにか忌まわしい思い出や、それにともなう周囲の態度に起因するものだろう。汚い、臭い、ということだけではなく、なんらかの精神的ブロックがかかっている。だが、やるしかないさ、とハラをくくれば、やるしかないのだ。慣れればできるし、いよいよとなれば、頼れるモノがあり、助けてくれるプロもいる。このことに限らないけれど、日本のシステムの中でどれほど助けてくれる人を探すことができるか、それはまた、回をあらためて書いてみよう。

第5話　お金の問題

自宅で死ねない二つの心配事

自宅で死にたいが、不安なのは「お金」と「痛み」であるという。家族に負担をかけるのではないか、ということはもちろん心配なのだが、それと同じくらい「お金」と「痛み」が心配なのだという。「末期ガンの家での看取り」についての新聞記事にそう書いてあった。

ガンになっても、できるだけ病院に行きたくない、家で過ごしたい、と多くの方は考えられるのだと思う。そう思っても、できないだろうな、と考える重要なファクターがまずは「お金」。入院しないで自宅で最期を迎えるなど、たいへんな贅沢《ぜいたく》で、お金がたくさんかかって、難しいのではないか。そして次のファクターが「痛み」。ガンの末期は痛みが激しいというし、自宅では抑えられないのではないか。死ぬのは仕方がなくても痛みはごめんだ、とご本人も家族も思っておられることが多いと思う。

我が家もそうだった。二〇一三年四月にステージⅣの末期ガン、と診断され、二〇一五年六月に亡くなった夫も、いちばん気にしていたのは「痛み」のことだった。

「公的保険でできることだけする」

まず、お金のことを書いてみる。結果から言おう。我が家の場合、ガン患者の夫を家で看取るにあたり、そんなにびっくりするようなお金はかからなかった。

医療保険と介護保険、そして最後の一カ月くらいは介護保険で来てもらえるヘルパーさんの合間に、実費のヘルパーさんが必要だったが、それくらいだった。医療保険と介護保険には自己負担限度額があるから、両方フルに使って、いちばんたくさんお金を払った月でも、我が家ではあわせて八万円くらいだったと思う。月に八万円は高いじゃないか、と言われるかもしれないが、日本の暮らしで「いざというとき」のお金から考えると、そこそこ想定内なのではないだろうか。この八万円の内訳についてはのちほど述べることにする。

実は、夫は、「お金」のことはそんなに心配していなかった。それは我が家が金持ちだったから、ではない。夫もわたしも働いていたので、それなりの生活だったが、所詮、二人とも「勤め人」であり、勤め人の収入は安定しているとはいえ、自営業で大きなお金を回している方々と比べたら、つましい暮らしである。

一九四七年生まれ、絵に描いたような団塊の世代で、大学では緑のヘルメットなどかぶって、その世代にふさわしい大学生活をおくり、生涯、「社会派」であることをめざし、金持ちやエライ人は全て悪い奴だと思い、特別扱いをされることを嫌い、現在の社会保障の体制でできる範囲で生きたい、と思うような人だったから、「生命保険」にも「入院保険」にも、ましてや「がん保険」など、公的な保険以外のプライベートな保険の類いには、一切入っていなかった。オフィシャルな「医療保険」と「介護保険」でやれる範囲のことで十分、と考えていたので、入院しても「差額ベッド」の部屋に入るなど、彼のポリシーに反することであったのだ。「お金のことを心配していなかった」というのも、いま書いてみるとなんだか変な気がするが、要するに、そういうことだったのである。特別なことはいらない、特別なことはやらない、この国の公的な保険で、できることだけを受ける。「自分は医療保険の範疇でできることで死ぬ」ということを、いつも言っていた。そしてそれをほとんど全うした。

常々、彼は、「ガン」でお金がかかるのは、保険の利かない「認可されていない〝新薬〟」だとか、西洋医療ではない「なにか特別な治療」を受けようとするからであると信じており、そんなものは「所詮効かない」のだから、「医療保険」の範疇で治療を受けることが最も正しい、と考えていた。医療系の新聞社に長く勤めた編集者であり、現在の医療システムに不満もいろいろ持ってはいたものの、基本的に近代医学の精緻な方法に信頼を置いていて、保険もおりないような治療は、はなから、信じていなかった。

「科学の子」、であり、まじない、祈禱から、健康食品、食事療法に至るまで、一切信じていなかった。がん保険には、ふつうの保険診療では認められない「高度医療」とか「高度先進医療」による自己負担をカバーするものなどもあるのだが、夫は「保険診療で認められないようなものは、所詮効果が期待できないので、金のムダである」とかたく信じていたというわけである。

必死で生き延びてきた世代

そういった「科学の子」としての団塊の世代の矜持《きょうじ》にくわえ、この人は基本的に「ケチ」だったので、簡単には金を出さない、という確信にもゆるぎないものがあった。戦後のどさくさの続く一九四七年生まれあたりの、団塊の世代の皆様は、親がいなかったり、まともな家がなかったり、お金に苦労したり、それぞれにご苦労で数奇な人生を余儀なくされた方が少なくないと思う。全ての価値観の大転換の中で生まれ、育てる親もたいへんだった時期である。なんとか生き延びるしかないので、みんな必死だったのだと思う。そのたいへんさにおいて、夫も例外ではなかった。

夫の母、静子さんは、いま写真を見ても、若いころは相当な美人で、チャーミングで気の強そうな、いかにも男性が「この人について行きたい」と思うような方であったことがわかる。世田谷の裕福な商家に生まれ、当時の女性はだいたいそうだったと思うのだが、「お嫁になんか行きたくない」と言いながらも親に聞き入れられることはなく、いやいや、見合いで結婚する。

この「いやいやながら、まわりに言われてしぶしぶ結婚する」というのが、いかに次世代育成にとって重要な態度であったのか、ということを、非婚化、晩婚化、少子化の現代日本で、しみじみと我々は知りつつある。

若いころは、おそらく古今東西を問わず、誰も結婚はしたくないのである。ひとりで勝手に好きなことをしていたい。親元にいるのが気楽でいい。なぜ急いで結婚しなければならないのか。娘時代というのはよきものだ。いまも昔も、若い人は結婚などしたくない。親がかりで、勝手なことをしているのが責任がなくていいし、仮に働いていたとしたら、そのお金は自分だけで勝手に使うのが楽しい。

若い人は家庭など持ちたくない。ほんの少数の、早熟で、恋愛上手で、「強者」である男と女が、勝手に恋愛をして、早くその女や男と一緒に暮らしたいから、その便利な理由として、若くして「結婚」するにすぎない。おおよそほとんどの若い男と女は、ほうっておいたら、結婚などする気はないのである。

しかし、義母、静子さん（大正一〇年生まれ）の時代、若い男や女は、ほうっておかれたりしなかった。全ての男と女は、基本的にしかるべき年齢までに結婚すべきである、と、先の世代がみんな考えていて、そして実際に行動に移して、持てるネットワークの全てを使って、娘や息子に分相応な相手を探してきて、「結婚したくない」という彼ら彼女らの声などには、一切聞く耳を持たず、あるいは表面だけ聞いた振りをして、無理やりに祝言などあげさせたのである。

そんなことは封建的だとか、家父長制の温存だとか、個人の自由の抑圧だとか、女性蔑視だ、とか、声に出して言いはじめたのはおもに団塊の世代（夫の世代）だ。それを聞いた団塊の親の世代（夫の母、静子さんの世代）は、それもそうだ、自分は無理やり結婚させられて、いやだったもんなあ、と、娘や息子の言い分に反対することなく、子どもたちをあたたかく見守った。

そして「結婚」は、まわりが無理やりさせるものではなく、しかるべきときに、しかるべき相手を自ら見つけてするもの、ということになった。しかし、繰り返すが、そんなことができる、しかも若いうちにできる男と女は「強い個体」で少数派なのだ。ほとんどの若い男と女は、自分たちでは結婚できないから、まわりが結婚させようとしなくなったいま、結婚することができなくなった。結婚、とは、収入もあり、それなりの容姿もあり、恋愛もできる、一部の強者にのみゆるされる、特権階級の行動となりつつある。

まわりが若い人を結婚させなくなったいま、非婚化、晩婚化が進むのは、もう、仕方のないことだ。ひとりで生きること、性と生殖の暮らしなしに老いること、はそんなに楽なことではないのに、先の世代は次の世代の「対の暮らし」に責任を持たないことにしたのだ。

婚家から捨てられた義母

しかし、静子さんが若いころはそうではなかった。彼女は長女だったし、親にかわいがられていたし、二〇代前半までに嫁に行かなかったものだから、周囲からあれこれ言われ、親からも「贅沢言ってる場合か」と言われるようになり、しぶしぶ、「そのときすすめられた見合い話」に乗らざるをえなくなって、たいして乗り気ではなかったものの、半分いやいや結婚したらしい。すぐに長女が生まれるが、それからあまり時間をあけずに静子さんの夫、つまりはわたしの夫の父親は、当時の死の病、結核に感染し、長男である金蔵が生まれる二カ月前に、東京の中野にあったという結核病院で亡くなってしまう。

ときは、一九四七年、戦後のどさくさも極まれりのころであったろう。静子さんは長男の嫁だし、金蔵（わたしの夫）はその長男で、当時の感覚からすれば、父亡きあとは、その家の「あととり」であるはずだ。静子さんの婚家、すなわち金蔵の父の家は、とある寺の墓づくりを一手に引き受けている石材店で、ものすごく裕福でもないが、そこそこの暮らしをしている家であったらしい。静子さんは嫁に行ったのだし、それなりの商売を営んでいるその婚家が、夫亡きあと、当然、自分と子どもたちの面倒をみてくれるのだと思っていたようだが、そこは、「戦後のどさくさ」、婚家の父母は、結核で亡くなった長男の位牌を持ちだし、静子さんと子どもの元から去ったのだという。静子さんの「わたしたちはどうすればいいんですか」という質問に答えもせず。ようするに、夫亡きあと、静子さんと子どもたち二人は、婚家から捨てられたのである。

別に、この家が特別に非情な家だったといまさら言い募るつもりもない。「戦後のどさくさ」の中で長男を結核で亡くし、孫は生まれているにしても、食い扶持を減らして家の商売を保つためには、長男とその家族のことは忘れて、次男に家を継がせる、というのがリーズナブルな判断だった、ということであろう。その石材店は、次男が継ぎ、相続の相談は、その後なにもなく、いまはビルが建つような商売をしていることを、静子さんは悔しく思っていたようである。

静子さんと子どもたち二人は、静子さんの実家の助けを得ながら、なんとか暮らし、静子さんも実家の商売を手伝ったりしながら子どもたちを育てた。なんと言っても実家の商売は食べ物屋だったので食べることには苦労はせず、しかし、お金にはいつも苦労しながら育った、と金蔵は言う。

静子さんの実家の食べ物屋は、スーパーマーケットが登場する前に、日本のどこにでもあったような、煮豆とか干物とか漬け物など、ちょっとした手を加えた加工食品を売る店であり、静子さんの父たる人物が商才もあり、人格者でもあったことから、家族の結束は固かった。

静子さん一家はその店に住んでいたようで、食事どきには、子どもたちはご飯のおかずが好きなものでないときは、母も忙しいので、店で、好きなものをちょっとずつ選んで、もらってきて、食べていたらしい。だから、亡くなった夫、金蔵は、食糧難の時代に育ったというのに、ものすごく好き嫌いが多い。無理やり嫌いなものを食べなくても、常に、自分で適当に選んで食事をとることができたのだ。これが彼の背景である。

「ナントカ療法」は全て挫折

話は戻るが、お金とモノのないつらさをしみじみと知っている人だったからこそ(というか、戦後すぐに生まれた団塊の世代の日本人の大半はそうであったとも言えるのだけれど)、よけいなことにお金を使うことに同意しない、基本的に「ケチ」であったのだ。そのように言いながらも、彼はわたしに家を残してくれたし、着物を毎日着ているわたしに、大島や能登上布など自分の気に入った美しい着物をたくさん買ってくれたのだから、わたしが「ケチ」と書くことに、彼はきっと不満であろう。ごめんね、金ちゃん。しかし、その彼の「ケチ」ぶりは、結果として、彼のガン治療の方針を明確にしたと言える。「科学的根拠のない、効きもしないナントカ療法には一切金を払わない」というものである。「自然な出産」とか、「おむつなし育児」とか、「母乳育児」などを研究分野とする母子保健研究者であるわたしの友人には、代替療法とか、食事療法とか、スピリチュアルな療法とか、そういうことに詳しい方が実にたくさんおられる。疫学という、まさに医療分野の科学的根拠の骨組みにあたるようなことを勉強したけれど、いや、勉強してきたからこそ、その可能性と限界について知っているからこそ、わたし自身は「近代科学と近代医療の範疇の外」にある治療法などについても、けっこう興味があり、友人のすすめやアドバイスはちょっと聞いてみたくもなるのであった。

とくに、食事療法に関しては、“You are what you eat.”（あなたの食べるものがあなたをつくる）であることに確信を持っているから、おせっかいなわたしとしては、夫のガンに対処するために、いろいろやってみたいこともあった。

まずは「ガンの患者には根菜をたくさん食べさせるといい」と聞いた。大根、にんじん、蓮根《れんこん》、長いも、ごぼう、などの根菜を一挙にたくさん煮ておき、それを筑前煮にしたり、けんちん汁にしたりして、とにかく毎日、根菜がある状態にしておき、それを日々、食べると、よいらしい。わたしにそのことを伝えてくれた友人の知り合いは、ハワイでその食事療法をやって、ガンが消えた、という。

根菜を毎日食べる、ということに、なにか問題があるとも思えない。好き嫌いの多い夫も、煮物は嫌いではなかった。わたしは早速、常に根菜を煮たものを冷蔵庫にストックするようにし、毎日けんちん汁がある状態にした。

夫に、是非これを毎日食べるように、と言ったのだが、夫は食べない。母親のつくってくれていたけんちん汁は、ちょっと味が違う、これはまずい、と、わりと平気でわたしのつくったものを、食べない。わたしがつくったものを食べないことは、好き嫌いの多い彼にとって日常茶飯事のため、わたしはいまさら傷ついたりはしないが、せっかく友人にすすめてもらったのに、と残念であった。夫が食べないので、わたしがせっせと根菜を食べることになる。

家にいつも根菜の煮たものがある、とか、けんちん汁が用意されている、というのは、実は、けっこう便利なものである。一品おかずがたりないときに、すぐにこの煮てある根菜を使ってもう一品つくれるし、だいたい汁物ができている、というのも、多忙な日々にはありがたい。夫が食べる、食べないにかかわらず、これは我が家によき習慣として定着する。

夫が末期ガンと診断されてすでに三年近く、わたしは延々と根菜を煮続けている。夫は食べず、もう死んでしまったというのに、このけんちん汁習慣はわたしに残り、いまだに食べ続けているのだ。つまりは我が家のルーティンになったのだが、現実に、食べてほしかったはずの夫は食べなかった。そういうことを信じていないのだ。「根菜療法」は、挫折。

さらに別の友人女性は、父親が末期ガンと診断されたが、生のにんじんを中心とした生野菜と果物をジュースにしてその場で飲む、それも一日にたくさん飲む、という

「生ジュース療法」みたいなのをやったら、めきめ き元気になってきて、もう二年過ぎた、と言う。「是非やってみたら」と言うので、うちもパワージューサーとか、スロージューサーと呼ばれるものを買って、九州の無農薬にんじんなど箱買いして、せっせと生ジュースをつくってみた。

これはおいしい。緑黄色の葉野菜も、ブロッコリーの芯も、ピーマンでさえ、しぼってすぐに飲むと、実においしいのである。時間が経つと酸化しておいしくない。その場ですぐに飲むと、どんなジュースでもおいしい。飲んでほしい夫は、緑の野菜が大嫌いなので、色が緑だと飲まないから、なんとか緑にならないものだけでつくって、はい、すぐに飲んで、と言っても、これまた、飲まなかった。

野菜ジュースというものを一切飲まない、というのなら、まだいいのだが、「オレは伊藤園の野菜ジュースしか飲まないんだ」とのたまう。そしてわたしがせっせとジュースをつくるのを見ながら、伊藤園のジュースを箱買いするのである。まあ、こういう状況も、珍しいことではなく、それまでもいくらでもあったので、いまさら、腹が立つこともなく、わたしはおいしい生ジュースを自分で飲み続けた。お肌がピカピカになるような気がした。しかしこれはわたしのためにやりはじめたんじゃないんだぞ。ガン患者への、「生ジュース療法」も、挫折。

あとは、梅干しを焼いたものの粉末とか、玄米の重湯とか、さまざまな健康食品系を送っていただいたが、全て、拒否。「ナントカ療法」の全ては挫折した。わたしがおいしくいただいた。

「多いときで八万円」のありがたさ

このあたりは本当に我が夫ながら、あっぱれであったと言わねばならない。一切信じなかったし、「やってみるだけやってみる」といったことを毅然とした態度で拒否した。思えばそういうことを次々やりはじめたら、ジューサーとにんじん代だけですまず、きっともっとお金もかかっていたはずである。

要するに、我が家のガン患者の方針は、「医療保険と介護保険」でできること以外は、やらない、であったのだ。全ての代替療法、食事療法は、拒否。保険診療以外の薬も、拒否。だから、我が家でやったことは、結果として、ある意味、「日本の制度で可能な、ガン患者の家での看取り」となった。

冒頭に書いた「多いときで八万円」について書いておくことは、いくばくかの人たちの不安を和らげることになろうか、とも思う。もちろん、多いときで月八万円、という額も、払えない、という方々ももちろんたくさんおいでになるわけで、それはそれで別の対処となるが、多くの、働いている間じゅう、医療保険と年金と介護保険を天引きされてきている、日本の給与生活者とその家族は、そのくらいはなんとか払う覚悟をしている人も少なくあるまい。もちろん参考になるかどうかは本人と家族のそのときの経済状態に左右されるが、とにかく、ここでは我が家のことを書くことに徹する。「多いときで月八万円」の医療保険と介護保険の支払いのうち、約五万円程度が医療保険の支払いであった。日本の医療保険には「高額療養費払い戻し」というたいへんにありがたい制度がある。自己負担分がある金額以上になると、払い戻してくれる、という制度である。

医療、福祉関係者は誰でも知っていると思うが、一般には、知られているようで、あんまり知られていない。自分自身か家族が入院して、手術でもして、高額な医療費がかかるような経験がないと、気づかないものだ。まあ、いかにわたしたちが自分たちの使用可能な制度について、必要になるまで、あまり知ることもないか、ということの代表のような制度でもある。

「社会保障費が財政を圧迫している」という言葉を聞いても、なんのことやら自分のこととは思えない、という能天気さといい意味でも悪い意味でもコインの裏表であり、実際に「なにが悪いのか」「なにがよいのか」、どちらも知らないのだが、現在の国民皆保険制度のもとでは、「保険医療を受けているうちは、あんまりお金はかからない」という仕組みになっている。収入によるが、「保険診療を受けて、自己負担分がある一定以上の額になると、そこは払い戻される」という制度になっているのである。

各家庭の収入によるので、一概には言えないが、我が家の場合、月々の医療費はだいたい五万円台だった。つまりはだいたい五万円以上自己負担がかかると、それ以上は、役所の医療保険課に行って手続きすれば、払い戻してくれるのである。

簡単に書くが、これはすごいことだ。たとえば、脳出血を起こして、お金のかかるＣＴやらＭＲＩ（Magnetic Resonance Imaging　核磁気共鳴画像法）やらの検査を何度もしたあげく、丸一日かかるような脳の手術を優秀な脳外科医二人をはりつかせて行ったりすると、保険適用であっても、その月の支払いは入院費もあわせれば、何十万円あるいは百万円単位の高額になってしまう。末期ガンで亡くなった夫は、すでに書いたが、ガンに先立つこと四年前に脳出血の手術もしていたので、実際このときに、わたしは高額医療費の払い戻し制度のことを知ったのである。

さらに家族に大病をした人があった看護師の友人が教えてくれた。「払ったあとに役所に行くと、払い戻してくれるけれど、あらかじめ役所に行って高額医療の申請をしておくと、立て替えもしなくてすむよ」とのこと。これはどういうことかというと、その月に、かなり高額の医療費を払わねばならないことになりそうなときには、あらかじめ役所の医療保険課に行って、「限度額適用認定証」というものを出してもらい、それを病院の会計に見せておくと、支払いのときに限度額だけ払えばよい、ということになる、ありがたい制度である。老人医療はまた別枠だから、七〇歳未満の人に恩恵があるような制度なのだ。

末期ガンの患者を家で看取る、という状況はもちろん人によって違う。違うのだから、我が家がやったことは詳細な意味での他の方の参考にはならないかもしれない。それでもこうして書いておくことは、なんらかのめやす、にはなるだろう。わたし自身も夫も、自宅での看取りの日々、手探りでやってきたけれど、なんらかのめやす、みたいなものがあればいいなあ、と思っていたからである。

自宅での看取りをする、ということは、結果として、大げさな医療措置はやらない、ということも意味している。「切開」とか「手術」とか「集中治療室」などという、病院にいたら起こりそうなお金のかかる医療措置は、なんと言っても、「できない」からである。それでも酸素吸入器や輸液などは使うことになり、最後のほうは、訪問看護や訪問診療に毎日来てもらうことになる。医療措置自体は病院でするような大げさなことはやらないとはいえ、そういう訪問自体にお金がかかる。だからやっぱり、「高額療養費制度」はありがたいものであった。

介護保険のヘルパーさん

医療保険のほうは、そのように限度額があるので、それ以上は払わなくてよくなる。

介護保険のほうは、介護保険のシステム自体に限度額がある。もうすでによく知られているかと思うが、介護保険は「要支援1、2」に続いて「要介護1〜5」という段階があり、要介護5が最も介護が必要な人、ということになる。その段階ごとに使えるサービスが明確に決まっている。

自宅で使う場合、調理、買い物の支援や身のまわりを整える生活援助と、食事や入浴、排泄などに関わる身体介護がメインである。ほかにもデイサービスなどの施設利用、介護用の機器の貸与や簡単な改装費用などいろいろ使えるのだが、介護保険の段階ごとに、点数が決まっているから、医療保険のように際限なく増えようがない。我が家はかなり長い間、要介護5の状態であったが、自己負担分は三万円を超えることはなかった、と記憶する。

末期ガンの患者の場合も高齢者が使う介護保険と同じシステムなので、生活介護、身体介護を行うヘルパーさんに来ていただける。だいたい、朝九時から午後五時くらいの間まで、二時間おきに三〇分来てもらえる。わかりにくいかもしれないが、介護保険のヘルパーさんは「二時間」あいだをあけなければならないので、「ずっと本人を見ていてもらう」ことはできないのだ。

わたしは外で仕事をしていたし、昼間は多くの場合、彼がひとりになった。もともと、他人に家に入ってもらうことが嫌いな人だったこともあり、最後の最後まで、自分で立上がってトイレを使うことができたこともあり、「緊急」のときにはボタンを押せば三〇分以内にヘルパーさんが飛んでくる、という介護保険のシステムを使っていたこともあり、「二四時間誰かがいなければならない」という体制になったのは、最後の三週間だけだった。

夫が亡くなったのは二〇一五年の六月二七日だったが、六月に入ったころ、本人のいないところで、訪問診療の主治医、新田國夫先生は、「もう、週単位だと思います。月単位はないと思ってください。二四時間、誰かがいる体制になさったほうがいい」と言われた。まだ本人は立上がれるし、十分話もできる。下げ止まりながらこの状態はもっともっと長く続くようにわたしには思われていた。本人もずっと誰かいる、なんていやだ、と言っていたが、先生のすすめにしたがい、わたしは仕事に出ていくときには常に、実費でヘルパーさんをやとうことにした。

先述したように介護保険のヘルパーさんは「二時間おきに三〇分」しか来てもらえない。その二時間を実費でうめる。介護保険のヘルパーステーションのヘルパーさんたちは、介護保険外の実費のサービスを二時間六〇〇〇円ほどでやってくださっていたから、そのサービスのお世話になった。

週末や、夜などは、ヘルパーステーションのヘルパーさんたちには来てもらえないので、「ダスキン」のヘルパーサービスを使った。こちらは二時間八〇〇〇円を超えるが、二四時間いつでも来てくれて、なんでもやってくれる。

「いざというとき」とはどういうとき?

夫は、この「介護保険の時間外でヘルパーさんを頼む」とか、「ダスキンさんを頼む」ということにあまり納得していなかった。もともと家に他の人がいるのがいや、ということもあったのだが、それより何より、彼はお金のことを気にしていたのだ。「いざというときのために、お金はとっておいたほうがいいんじゃないか。こんなにお金を払ってヘルパーを頼むのはやめたほうがいいんじゃないか」と言うのである。

いざというとき……、いざというときっていつだ？

わたしたちは皆、「いざというとき」のために、お金を少々節約して若干の貯金を持っていたりするものだ。大した額ではないとしても、気持ちの上ではどのような貯金も、「いざというとき」のためのものである。

しかし、「いざというとき」とは一体どういうときなのか。実際には「いざというそのとき」には、当事者も、その場に居合わせている家族も、それだと認識できないことは多い。

それは、「××しないとからだに悪いよ」とか、「××しないとダメだよ」とかいった言い方を重病人にすることがいかに意味がないか、ということと少し似ていると思う。

わたしの父が認知症をわずらってだんだん弱っていくころ、わたしは施設で出た食事の介助をしていた。父におさじで食事をさせていたのだ。父が食べないと「お父さん、食べないとからだに悪いよ」と、つい言ってしまうわたし。からだに悪い？　からだはすでに十分悪い。食べること自体がおおごとで、生きているだけで精一杯なのに、何がからだに悪い？　からだがどうなるというんだ？　これ以上？　わたしは自分の発した言葉を恥じた。

ごめん、お父さん、食べたくないんだよね、もう食べなくていいよ。「いつかのためになにかを準備する」「いつか将来のからだのために、いま無理やり食べる」。そんなことは、もう、とうに必要じゃなくなっている。

わたしたちの言動は、どうして豊かないまに浸っていることができないのだろう。いまは将来のためにある時間ではないのに。いま生きているこのときが、輝いていて、みずみずしくて、素敵なのに、なぜ、いまこのときを楽しまずに、いまを我慢して、将来のからだを気にするのだろう。

度重なる天災からのよみがえりの歴史を持つこの国の人たちのエトスには、将来のよきからだのために、いま、危険因子になりそうなものをできるだけ排除するという近代予防医学の発想が、深く根づきすぎたのかもしれない。わたしたちは、「備えよ常に」という、本来は美しいはずの態度を、「いま楽しむことは堕落である」という、禁欲的で他人に迷惑な態度に、静かに変えてしまったのかもしれない。

それが同時に、いま、このときに集中することを妨げ、いまなにをやるべきか、いまなにがなされるべきかを判断する明晰さを鈍らせること、に通じていないと、どうして言えよう。

「いざというとき」を「いざというとき」と明瞭に認識するためには、本人ではなく第三者の客観的助言が必要なこともある。

わたしの夫も、いまはまだ立上がれて、話もできるから、本人は、これが「いざというとき」だとは思っていなかったわけである。前述したように、公的保険に頼って死にたい、という意図の明確な夫は、人と比べたらお金のことをあまり心配していなかった。だが、もちろん我が家にそれほどのお金があるわけではないことも知っていたので、ヘルパーさんの料金をわたしが口にしたとき、やっぱりお金の心配をした。「いざというとき」のためにとっておかねばならないのではないかと。

しかし、しかし、いま、君は末期ガンを患い、すでに歩くことはとても厳しくなっており、一七五センチの体は骨と皮になっており、ものも食べられない状態なのだ。これは、「いざというとき」である。

だが、本人が何と言おうと実費ヘルパーを頼もうと、わたしが実際に決断したのも、新田先生に「そうしたほうがいい」と言われたからである。「いざというとき」は、実は自分たちにはわかりにくいからこそ、訪問診療医が頼りになる。

最後の三週間は、結果としてこのような実費ヘルパーさんのお世話になったので、医療保険と介護保険の八万円以外にもお金がかかりはした、が、主治医の見立ては正しく、たしかに、もう、月単位、はなかった。

ガン患者は最後まで意識がはっきりしていて、意思表示もできる。「誰かがつきっきりでいなければならない」という時期は、実はとても短いことを、いまになると理解できる。「ガン患者を自宅で看取る」ことは、「途方もなくお金がかかる」ことでは、なかった。少なくとも我が家の場合は。

次は、もうひとつの心配事、「痛み」について書いてみよう。

第6話　痛み

「急速な老化で死ぬ」ということ

ガンの末期は痛い。痛い、痛い、そう思っていた。わたしも、中咽頭原発、頸部リンパ節転移の末期ガンで死んだ、亡き夫も。

ガンは、最後、痛いんだってね。耐えられないような痛みで、つらいんだってね。でも最近は痛み止めにいいものができたから、かなり抑えられるんだって言うよ。病院のガン病棟でもね、昔と違っていまはずいぶん穏やかになってるんだって。痛みは抑えられるんだって。死ぬのは仕方ないなあ。寿命だから。でも、痛いのはいやだなあ。痛いのはなんとかしてほしいなあ。なんとかしてくれるのかなあ。

そういう会話を何度繰り返したことだろう。首の腫れに気がついて、頸部リンパ節転移、と診断されてから、この痛みのことを夫とわたしは繰り返し話した。医者に行っても、聞きたいことはいろいろあるけど、いつも「最後がどうなるのか」「すごく痛いんじゃないか」「痛みは抑えられるのか」ということを、どうしても専門家に問い詰めたくなるのである。

あたりまえのことだけど、わたしたちひとりひとりは一度も死んだことがない。死にゆく人の言葉は記録されているし、臨死体験、というものもかなり多くの書物や論文になっているし、黄泉《よみ》の国や霊界からのメッセージなどというものも、人間の歴史と同じくらい長く、たくさん残っているけれど、それらは「本当に死ぬ経験とはどんなものか」ということをひとりひとりに得心させるにはいまだ十分でなく、今後も十分では決してあるまい。みな、死にゆく経験を知らず、知らないけれど、全ての人に必ず訪れる。「わたしはどんなふうに死ぬんでしょうか」。夫は主治医にたずねる。頸部リンパ節転移で見つかったガンだから、夫の主治医は、まず、耳鼻科の医師であった。ガンの患者に「あなたはガンです」ということを医者がためらいもなく告知するようになってから、というか、そういうことを本人に隠して家族だけにこっそり告げる、などということは許されない、ということになってから、数十年は経っていると思う。夫の主治医も、淡々と、頸部リンパ節転移、ガンです、と我々に告げた。

ステージⅣと呼ばれる末期のガンである、と診断されてから、夫は二年生きたのだが、亡くなる六カ月くらい前、しみじみとこの主治医に「わたしはどんなふうに死ぬんでしょうか」と夫は聞いていた。「急速な老化です」と、耳鼻科の主治医は答えた。夫が聞きたかったのは、おそらく、「どういう症状でもって死ぬのか」ということだったのだと思う。突然呼吸停止するとか、息ができなくなるとか、ものすごい痛みに襲われる、とか、そのようにして死ぬ、という、なんだか、そういう具体的な答えが知りたかったのだと思う。

しかし答えは「急速な老化」であった。だんだんからだが弱っていって、食べるものがたくさんは喉を通らなくなっていって、活動もせばまっていって、精神活動も緩慢になっていって、痩せていく。老化って、そういうことだろうか。そういうことが、一〇〇歳まで生きるのならば緩慢に起こるのかもしれないが、「あなたの場合は急速に起きます」と、まあ、そういうことなのである。わたしたちはすぐには、言葉がなかった。うーん、そういうことか。

ドトールコーヒーのレタスドック

本当の最後の半年くらい、わたしたちは病院通いをやめて、在宅診療だけの期間に移るのだが、その期間になるまで、東京都立多摩総合医療センターが、夫が通っていた病院、入院していた病院、主治医がいた病院であった。ここはもともと「東京都立府中病院」、通称「府中病院」として地元でもよく知られていて、実際に、夫もガン発見から遡ること四年前に脳出血を起こしたときは、まだ「府中病院」であった。お世辞にもきれいとは言えない古いタイプの病院で、ゆっくり楽しくお茶を飲むようなところもなかったのであるが、二〇一〇年に多摩総合医療センターになってからは、近代的な建物になり、コンビニや、喫茶店、レストランが入って、「ゆっくりお茶を飲む」ところもできたのである。

夫とわたしは、外来診療のあとには、いつもこの病院の一階にあるドトールコーヒーに立ち寄ることを習慣にしていたし、二人ともその時間を楽しんでいた。いつもコーヒーと、レタスドックを注文する。糖質制限を提唱しておられる夏井睦先生と、編集さんを通じて知り合うようになってから、わたしは基本的に糖質制限食生活をしていて、社交生活の上でしか、ご飯やパンを食べないのであるが、このホットドッグにレタスがはさまっているレタスドックはいつも夫の分と二人分頼み、一緒に食べていた。

束の間の非日常、だんだんコーヒーは飲めなくなって、アイスココアを少し飲むことになり、レタスドックも一本は食べられなくなって、二人で一本をシェアするようになり、歩いてお店に寄るのではなくて、車椅子に夫を乗せて立ち寄るようになったりしたが、とにかく、最後の診療のときまで、病院に行けば、わたしたちはこのドトールコーヒーに行く、というルーティンをやめなかった。入院していたときも、なんとか起き上がれるようになったら、まず行くぞ、ドトールへ、と思うくらい、わたしたちにとって馴染みでもあり励みにもなっていたカフェだったのだ。

そのように思えば、最近の大きな病院に、おおよそ病院らしくないドトールとかスタバとかその他の、ごく普通に街中にあるカフェが入っているのも、患者や家族にとって大きななぐさめになっているのではないか、と感じる。「急速な老化で死ぬ」という主治医の言葉を聞いたその日も、わたしたちはドトールコーヒーで、コーヒーを飲んだ。二人とも妙に納得しはじめた。そういうことなんだね、老化で死ぬんだね。それがコマの早送りみたいに起こるのか。それなら、そんなに怖がらなくてもいいのかもしれないね、そうだね、だんだん具合が悪くなっていく、ということだもんね。なんだか安心したような、落ち着いたような、そんな気分だった。わたしたちはもっとなにか「ドラマチック」なことが起こって死ぬのだ、というイメージを持っていたのである。

想像できなくなった「自然な死」

「自然な死」とは、なんだろう。「病気」や「事故」ではなく、自然に天寿を全うして、死ぬことか。いまどき、そんなに単純であるはずもない。天寿を全うして畳の上で眠るように息をひきとるとはどういうことか、とか、どういう設定でそういうことが起こり得るのかもわからないくらい、生活の場への医療の浸潤は徹底している。世界中がそれを望んできたからだ。

二〇一四年に亡くなった、元WHOヨーロッパ・オフィスの母子保健部長だったマースデン・ワーグナー氏は、一九八〇年代から一貫して、「自然なお産」のすばらしさを科学的に唱えてきたイデオローグのひとりであり、志を同じくする仲間でもあった。彼が“Fish can't see water.”（直訳すれば、「魚は水が見えない」）という論文を書いている。水の中を泳いでいる魚は、自分が泳いでいる水をよく意識することはできない。あまりにもあたりまえに自分たちのまわりにあるものを、わざわざ「水」である、というようには意識できないものだ、というのである。

いま、人間の出産にとっての産科医療は、魚にとっての水のようなものである。お産、と言えば、産科医療を語ることになり、病院で産科医療のもとで行われるもの、と思っていて、「医療のない場でのお産」を考えることもできない。

人間の歴史が始まってからの長い時間とくらべたら、近代医療が存在するようになってからの時間はあまりにも短い。人間は医療がなくても子どもを産んでいたし、近代医療がなかったからといって、人類が途絶えたりしなかったことを思い出すのは大切なことだ。つまりは医療がなくても人間は子どもを産める。あたりまえのことだけれど。もちろん「何かあったとき」救急医療で対応するようなことは、近代医療以前はできなかった。それでも、人間は続いてきたのだ。

でも、現在、医療なしに、病院なしに、行われる人間のお産とはどういうものか、わたしたちはほとんど想像することができなくなっている。ワーグナー氏の論文は、その想像力の欠如によってわたしたちが失っているものがいかに大きいか、ということを書いたものだった。身体的な官能の極致であり得る、女にとって人生を変えるような喜びの経験であり得る、生まれてくる子どもにとっても無二の経験である、そのような出産がどのようなものであるか、産科医療のもとでの出産しか知らないわたしたちには想像することすらできない、と言うのであった。

おそらくは死ぬことも同じで、お産が生活の場から医療の場で行われるものへと推移していったのとほとんど同じ時期に、死ぬことも生活の場から離れ、医療とともに人間が最後を迎えることは当然、と、わたしたちは受けとるようになったのだ。だから自然な出産についての想像がおよばないのとほとんど同じくらい、自然に死ぬこともうまく想像できない。「ガンによる死は、急速な老化です」と言われて、夫もわたしもそうなのか、そういうプロセスなのか、ドラマチックな死に方じゃないのか、と思ったにせよ、では、急速な老化による自然な死がどのようなものか、明確にわかるほどの経験は、やはりないのであった。実際「急速な老化」と言われたときには、すでに夫は、麻薬系の痛み止めは飲んでいた。主治医は、初めから、痛みは抑えられますから、と言っていた。これからも痛みを抑えつつ、コマ送りの早い老化のプロセスを経験するんだ、と、それなりに覚悟した、と言えようか。

夫はどんなふうに痛かったか

痛い、という表現は、彼はたしかによく使っていた。痛い、と言っていた。痛み止めをずっと飲み続けていたし、口からうまく飲めなくなったころにはパッチにして貼っていたし、継続的に痛み止めの血中濃度が落ちないようにしていたし、それにくわえて頓服がいつも用意されていた。継続的に朝昼晩と飲む痛み止めにくわえて、まだ痛い、と感じるときに頓服を飲むのだ。闘病している間いちばんよく飲んだ頓服はオキノームと呼ばれる麻薬系の粉末状の薬である。この薬は、夫と出かけるときいつも、お守りのようにカバンにいくつかしのばせておく薬であった。痛い、と言うと飲ませていた。

しかしいまふりかえってみると、少なくとも夫の場合、七転八倒するような耐えられない痛みに襲われる、という感じではなかった。うーん、痛い……とは言っていたが。ものすごい痛みに苦しんだ、という印象はない。本人は、それはオレが我慢していたからだよ、って言うかな……。しかし、ずっと一緒に暮らしてきた人が、どのくらい痛いか、苦しいか、それはそばにいれば、やっぱりわかる。耐えられない痛み、というのではなかったように思う。

それはずっと、毎日朝昼晩と痛み止めを飲んでいたからだ、と専門家は言われるだろうか。しかし、いま、冷静に考えてみると、わたしから見て、彼の痛みは「痛み」というより「苦しみ」だったのではないか、とも思えるのだ。痛いから薬が飲みたい、と言うし、自分でもときおり飲む。たしかに痛いと言っていた。そうなのだが、それは痛みというより、自分のからだのなんとも言えない調子の悪さ、ガンの部位、と言われる首の気持ち悪さ、あるいは襲ってくる不安、身の置き所のなさ、気持ちの持っていき所のなさ、そういったものが混じりあったものではなかったか。いまになるとそう思ったりするのだ。

医者もまだよくわかっていない

多くのガン患者を見てこられたドクターも、ガンの骨への転移は痛いとおっしゃる。もともとブロンプトン・カクテルと呼ばれる、ワインにモルヒネ（麻薬）を少しずつ混ぜたものを飲ませるのも、骨への転移で苦しむ患者に対してイギリスあたりで始まった処方薬であるらしい。それはたしかにすごく痛いらしく、ガン患者の介護仲間に聞いても、骨に転移した人はかなり痛がっていたようだが、それでも薬で抑えられたと言う。

しかし、骨転移以外の痛みについては、あまり一様な痛みがあるようには見えない。

専門の医師にとっても、「末期のガンは痛い」と言っても、それはあまりに多様な部位で多様な痛みであり得るから、あまりよくはわかっていないと言えるようである。

専門化が進んでいる医療の世界において、それぞれの医師はあくまで、「頭頸部のガン」とか「肝臓のガン」とか、そこのガンを治療する、ということが専門なのである。そしてそれぞれのガンの専門と言っても、外科で手術を得意となさる方もあり、放射線で治療することが専門の方もあり、抗ガン剤を得意とされる方もある。どちらにせよ、彼らは「そこにあるガンを小さくしたり取り除いたりすること」こそが専門なのであって、そのガンが痛みを生ずることはわかっても、どういう具体的な痛みでその人を苦しめるのか、とか、そのガンでどういう生活上の支障が出るのか、などということは、ご専門に研究なさることではないのだと思う。

痛みの対処、というのを専門になさっている「緩和ケア」の医師もおいでにはなるが、まだまだ、若い医学生の憧れるバリバリ医学の最先端、という分野ではなさそうだし、「生活上の支障」について考えていくのは、もとより医学の範疇ではない。介護や看護に関わる分野になるのであって、医者の関知するところではない、というか、関知しようにもご存じない、というか、そんなことまでやっている余裕はない、というか、医者はスーパーマンじゃないのでそんなことまで求めないでくれ、というか、とにかく、専門外なのである。

患者の側が考えるしかないこと

手術や放射線治療や抗ガン剤治療を受ける、ということは、そのガンの部位が小さくなるかならないか、なくなるかなくならないか、だけを目的として行われる。その治療によって腕が上がらなくなってつらい、とか、足がパンパンにむくんだ、とか、排泄のコントロールができなくなった、とか、そういう生活上の不具合が起こることについて、覚悟しなければならないのは患者のほうなのである。

もう少しわかりやすく言うと、おおよその病院におられる医師の役目は、手術や放射線治療や抗ガン剤治療など、基本的には医療介入をして痛みを抑えたり、症状を軽くしたり、死ぬ時期を延ばしたり（医療介入によって、かえって短くなることもあるにせよ）するところにある。彼らは専門性に長けたすばらしいドクターたちではあるだろうが、患者の生活上の不具合までうまく想像したり対処したりすることまでは気が回らない、というか、ひとりの人間にそこまで全て求められない。

だから、どのような医療介入を受けたら、生活上にどんな支障が出ることがあり得るのか、ということをしっかり考えなければならないのは、わたしたち自身であり、そういうことをよく考えた上で、手術や放射線治療や抗がん剤治療を受けるかどうかの判断材料にしたほうがいい、ということである。

実際に医療介入を受けたあとに、排泄にトラブルが出るようになったとか、うまく歩けなくなったなど、生活上の不具合が生じても、その結果に対しては誰に文句を言うこともできない、ということは、もっと多くの方に知られるべきではないのか、と思う。

それでもとにかく、「ガンは最後が痛い」とみんな思いこんでいるし、たしかに多くの場合そうらしいし、痛み止めも開発されていて、自宅でも使えるし……。では具体的にどのように痛いのか、と言うと、話が戻るが、骨への転移の痛み以外についてはあまり明確な定義はできないことのほうが多いらしい。

しかし、わたしたちは、「痛いぞ〜、痛いぞ〜、痛いぞ〜」と言われると、痛い。痛いものだ、と言われていると、それだけでからだがこわばり、さらに苦しい。出産を経験したことのある女性なら、よくわかると思う。あれは、痛いし、痛くない、というとウソなのだが、この痛みの対処については、かなりの部分、文化的であり、また学習によって変わるものであることも研究されており、助産師さんなどというのはそのサポートの専門家である。痛い、苦しい、と言っていた人がどんなふうに痛いのか、どんなふうに苦しいのか、他人にわかりはしない。わからないが、「痛くなるぞ」と言われることが、「痛い」という自分の定義をつくり、自分の不調を痛み、という形で表現するほかない、ということにもなりはしないか。

痛みと痛み止めの一五カ月間

具体的な痛みの対処についてふりかえってみよう。夫、金蔵の、中咽頭原発、頸部リンパ節転移の末期ガンが見つかったのは二〇一三年四月のこと。首の腫れで受診して、ガンであることがわかったのだ。首は腫れてはいたけれど、とくに痛みがあったわけではなく、腫れているからびっくりして受診したにすぎず、なにか困った症状があったわけではない。受診したら「ガンと言われた」から、入院して抗ガン剤と放射線の治療をやりましょう、ということになった。

症状もないのに、入院するのかな、と思っていたら、診断から二週間後、入院治療の直前から、「ばったり倒れる」発作が起きはじめて、それはけっこう、怖いものでした、という話は、すでに書いた。でも、それが唯一の症状と言えば、症状であった。入院加療して、首の腫れは見るからに小さくなり、ばったり倒れる症状もおさまる。具体的に「痛い」という症状が出はじめたのは、末期ガンの診断、治療から約一一カ月後のことだ。亡くなったのは二〇一五年六月だから、亡くなる一五カ月前から具体的な痛みが出はじめた、ということになる。

つまり夫が「痛い」と言い、具体的な痛み止めを服用していたのは約一五カ月間であった、と言えるが、その「痛み」の内容については、ずっとそばについていたわたしにもよくわからない。どれがガンの痛みで、どれが以前起こした脳出血の後遺症で、どれが持病のてんかんに関わるもので、どれが痛みというより不快感なのか、いまもわからない。

しかし、「いまもどの痛みだったのかわからない」と書く程度なのだから、少なくとも、繰り返しになるが、七転八倒してこれぞガンの痛みということで、ものすごく苦しむ、というような痛みに襲われることはなかった。あー、痛い、と言っても、だいたいは頓服の痛み止めでおさまったので、痛い、痛いと継続的に苦しむこともなかった。そういう意味では、みなさんのおっしゃるとおり、我が家のガン患者においても、「ガンの痛みはコントロールできていた」のであろうと思う。

最初に痛い、と言いだしたのは、ガンの診断から一一カ月後、二〇一四年三月の夜のことで、以前、脳出血を起こした部位が痛む、と言う。ガンの部位である首もやや痛い、と言い、ろれつも回らなくなってきた。とりあえず、まず出された痛み止めはロキソニン、という、非ステロイド系の、生理痛なんかにも使う、普通の痛み止め。それでなんとか、痛み自体はおさまる。なんせ、元、脳出血を起こしていて、てんかんで、末期ガンの患者だから、どこがどうなっているのかわからない。

病院としても困っているのだろうと思うが、ろれつが回らない、と言うからCTの検査も受けたものの、だからどう、ということもない。そこでなにか脳にまた異常が見つかっても、そこで手術する気なんかいまさらないのは当然である。そう思えば、なんのために検査してもらったんだっけ、断ってもよかったな、といまは思えるが、そのときは思えなかった。結局、検査をしても、なんだかわかりませんねえ、としか言ってもらえなかった。いったいなにが原因だかよくわからない、こういったろれつが回らないというような症状は、その後も多彩に展開されていく。いま思えば、少々変わった症状が起こっても、さあ、受診、さあ、病院、さあ、検査などとあわてなくてもよかったのだ。「末期ガン」という「大病」をすでに抱えているのに、いまさらなにを見つけて、なにができるというのか。検査にともなう苦痛がよけいなことだった、と思うのだが、それも後づけの感情である。

この頭を中心とした痛みが始まって、喉がヒリヒリする、ガンの部位もやや痛い、と言ってはいたが、本人いわく、我慢できない痛みではないので、痛み止めをいつも飲むほどではない。最初の痛みを感じてからも普通に暮らし、酒も食事もちょっと量が減ったなあ、という程度で、わたしにとっても彼の痛みはまだ大したことがない、と思えていた。

ガンの痛み止めの代表である「麻薬系」の薬が処方されはじめたのは、最初の痛みを感じて三カ月ちょっとしてから（つまりは亡くなる約一年前）だが、最初想像していたように、痛みがだんだんひどくなって、出されていた「ロキソニン」でおさまらないから麻薬系の薬に移行していった、というわけではなかった。以前に書いた、迷走神経反射による「ばったり倒れる発作」が起きはじめ、発作が起きる前兆として頭がとても痛い、と言いはじめたから、それではそろそろ「麻薬系」にしましょうか、という感じで、いわゆる「ガンのための痛み止め」に移行していったのである。この時期で、ガンの部位の痛みもありはするが、メインの症状は「頭が痛い」だったわけで、とにかく痛いと本人が言っているのだから、痛み止めを飲ませよう、ということで、どれほどが、ガンによるものなのか、わからなかった。

身の置き所のない苦しみ

二〇一四年六月三日、大きな病院の耳鼻科の主治医より、麻薬系ガンの痛み止めとして、小さな錠剤の「オキシコンチン」五ミリグラム一日二回、痛いときの追加の頓服として粉薬「オキノーム」五ミリグラムが処方されはじめる。眠くなりすぎるので、その後、訪問診療の緩和ケア専門の先生にかかるようになって、いっとき、やめたことはあったが、それも本当にいっときのことで、この「オキシコンチン」と「オキノーム」には、用量を上げながら、亡くなる直前までお世話になった。そして、たしかに、この薬は夫の苦痛を和らげてくれた。痛みによる苦しみを取ってくれていた。

このように書くのだから、「ガンの痛みは、抑えられていた」と言える。歯切れの悪い書き方だ。なぜだろう。わたしはなにを言いたいのだろう。それは、「痛み」か「苦しみ」か、よくわからなかったことによる。痛み止めをずっと使ってきたけれど、あれは本当に「痛み」だったのか、あるいは、彼は「苦しみ」を痛い、としか表現できなかったのではないのか。そんなふうにいまも思うのだ。

たとえば、亡くなる直前、夫は、とにかく服を脱ぎたがった。初夏のころで暑いわけでもなく、脱ぐと寒いから、服を着せようとするし、なにかをかけようとするけれど、いやがってはねのける。普通に話もできて、精神的なぶれはいささかもないが、とにかく服をいやがるのだ。布団やタオルケットもいやがる。下ばきだけははいているが、ほかはとにかく脱ごうとする。それは、身の置き所のない、苦しみ、としか言いようがなかった。

夜中に何度も起き上がって、じっとしていられないこともあった。頭が痛い、服を脱ぎたい、気分が悪い、眠れない、じっとしていられない。こういう苦しみは、自宅にいたので、なんとも言えないままに、表現されていた。そして、それらの身の置き所のなさは、多くの場合、「痛い」という言葉に収斂《しゅうれん》されていったように思う。そうすると、なにか飲む薬があり、介護するわたしも提供する薬がある。「痛み」は、彼の総合的な苦しみの表現方法だったのではないか。

わたしは間違っているかもしれない。でも、こういう身の置き所のなさは、たとえば、病院や施設にいたら、いったいどう対応されるのだろう。「ガンの痛み」、とは、言われているよりも奥の深い表現なのではないか、まわりはそれをどう受け止められるのか。むずかしいことだ、と思うのである。

第7話　延命治療

総論としてはよきこと

延命治療はしてもらいたくない。そういう人は増えた。胃瘻《いろう》や、経管栄養や、あるいは人工呼吸器や、いわゆる命をながらえるためだけの措置は、できるだけしてほしくない。自分に意識がなくなってしまったなら、もちろん家族にそうしてほしくないし、自分に意識があるなら、なおのこと、そうしたくない。そのように考えておられる方はこのところずいぶん増えてきた。一般論としてはわかりやすい。生きるとはなにか、寿命とはなにか、そういう問いには答えられないとしても、意識も清明でなく、判断もできないような状態にあるのならば、命だけを引き延ばすようなことはやりたくない、ということだ。

総論としてはそうなのであるが、たとえ本人がそのように考えていたとしても、家族もそのように思っていたとしても、実際の「各論」になると、それはまた別の話だ。生きていくことそのものが、その人の個性のあらわれで、信念のあらわれで、死ぬことはその延長線上にある。いくらこのようにしたい、と思っていても、そのように生きることがままならないように、このように死にたい、と思ってもなかなか思うようにはいかないと思う。まして、最後まで頭がしっかりしているガン患者の場合は、自分で最後までいろいろ希望も言えるし意見も言える。それは基本的によきことだが、はっきり、しっかりしているからこそ、むずかしいこともある。

夫婦で決めた親の治療方針

二〇一五年六月に末期ガンで亡くなった夫と、わたしには、それなりの介護経験があった。二〇一三年にはわたしの父が亡くなり、二〇一四年には義理の母が亡くなった。双方とも認知症を患っていて、日々症状が進み……とここまで書きはじめても、この「認知症」という言葉への違和感は大きい。二〇〇五年くらいから、英語dementiaの訳が「痴呆症」だったのが、「認知症」になったのだ。「痴呆」とか「ボケ」とかいう言い方はあまりにもひどい、人権を侵害している、ということで、新しい名前がつくりあげられ、認知障害と紛らわしいことこの上ないが、dementiaの訳は「認知症」となったのだ。

そのあたりのことはよくわかっているつもりでも、認知症が進んだ、と言うとだんだん賢くなっていくような錯覚をやっぱりどうしてもしてしまって、本人が文字どおり「ボケていって」しまうプロセスとうまく符合していかない。使いはじめて一〇年経っても慣れていないことを思うと、この名称には根本的に問題がある気が、相当、する。

義理の母は、痴呆が認知症と呼ばれはじめるずっと前、介護保険制度もできる前の、一九九〇年代にすでに発症しており、その後全く人を認識できなくなり、言葉も出なくなって、寝たきりの状態で、それでも三度三度ご飯の時間になっておさじを口に持っていけばご飯は食べる、という状態が約一〇年続いてから、亡くなった。私の父の場合は、なんとなく、物忘れが多くなったな、と感じはじめてから、数えれば五年後くらいに本格的な症状が出はじめ、「認知症」と診断されてから二年足らずで亡くなってしまった。

どちらにせよ、二人とも認知症であり、延命治療をするかどうか、という決定をしなければならないときには、全く口もきけず、わたしたちの言うことを理解できているようには見受けられず、からだを動かすこともできず、ほぼ寝たきりの状態であったから、わたしたち夫婦は「延命治療」についての方針をよく考えながら、ある意味わたしたちで「勝手に」進めることができた。いま考えるとそう思う。

父の治療をやめるという決断

けっこう長くひとり暮らしをしていた父は、わたしの次男、すなわち父にとっては孫が、大学進学のため同居しはじめたころから、時計の中に虫がいる、電線が部屋まで引いてあって気になる、知らない女がベッドに座っている、と言いはじめ、介護保険のお世話になるようになってから約一年後、徘徊や、排泄場所がわからない、という問題が始まり、グループホームに入った。

入所したころは、まだ、話もできたし、まともにご飯も食べ、トイレにも行き、それなりにコミュニケーションが取れていたのだが、入所後ほどなく腸閉塞を起こし、入院。腸閉塞の治療は、点滴を受けながらの絶食である。認知症だから、徘徊されると困るので、身体を拘束、排泄はおむつとなり、あえて言うが、父の「ボケ」は一気に進んだ。

認知症の方が、骨折やら腸閉塞やら肺炎やらで入院すると、病院側も悪気はないのだが、治療をするのが病院の役目だから、治療を進めるため、うろうろしないように、身体を拘束する。簡単に言えば、腰にベルトをしてベッドに縛りつけ、点滴の管を抜いたりしないように、手にミトンをつける。いまどきのことだから、こういう身体拘束は病院側も勝手にはできず、本人か家族が承諾しなければ行えないが、治療してもらわなければならない身としては、身体拘束しないでください、などとは言えない。

いま書いていても本当にかわいそうだった、と思い、涙ぐんでしまうのだが、治療をする必要があるのだからいかんともしがたい。

腸閉塞の患者は治療しないわけにはいかないし、骨折した患者も治療しないわけにはいかない。かくして、多くの認知症の方々は、病院で他の疾患による治療を受けると、一気に「ボケ」が進んで、寝たきりになりやすい。何度も言うけど、病院に悪気があろうはずもない。病院の役割は「病気の治療」なのであるから、やるべきことをやってくださっているにすぎない。腸閉塞は治りました、骨折は治りました、しかし、しっかりと「ボケ」てしまった、というケースはあまりにも多いと思う。

父も入院して腸閉塞が治るころには、立派な要介護5の寝たきり老人になっていた。もともといたグループホームは食事と排泄が自立していることが入所の条件だったから、そこにはもう戻れない。その施設の紹介で、車椅子でも寝たきりでも最後までいられる、という、家庭的な小さな「住宅型有料老人ホーム」に移ったが、結局、腸閉塞を何度も繰り返し、再入院、退院するたびに認知症も進む。そのうち、だんだん食事もまともに食べられなくなり、食べるとすぐに誤嚥《ごえん》性肺炎を起こすようになってくる。

　何度目かの誤嚥性肺炎で入院したところ、治療中の父はもうすでにほとんど目も覚まさなくなっていて、口からはなにも食べなくなっていた。点滴はしているが、点滴はあくまで点滴で、水分と生命維持が可能な最低限のカロリーを含んでいるにすぎない。父の入っている施設の施設長さんは、「施設に帰りましょうか」と言ってくださる。病院での治療はもうやめましょう、ということだから、それは父の死を待つことを意味した。

　この状態の父をこれからも「生かして」おこうとすると、文字どおりの延命治療、胃瘻か高カロリー輸液の処置をしなければならない。それをすれば、一応それは病院での治療になるから、まだ入院していられるが、やったところで、父が喜ぶことはなにもないような気がする。病院の先生と話し、看取りのために父を施設に戻すことにした。つまりは、夫とわたしは、夫が亡くなる約二年前、わたしの父のことで、「延命治療をしない」という決断をする機会を持つことになったわけだ。

　食べられないし、飲めない状態になっていて、もう極端に痩せていて、とろとろとしていてほぼ反応のない父は、病院から水分補給の点滴をつけたままストレッチャーに乗せられ、介護タクシーで施設に戻る。小さな有料老人ホームだが、働いておられる方は施設長さん以下、とても穏やかな方ばかりで、「看取り」の経験もおありだという。施設や自宅で看取ろうとすると、死亡診断書を書いてくれる医者が必要であり、それは、いままで腸閉塞だ、誤嚥性肺炎だ、というときに診てくれた医者とは異なる在宅診療の医者である、ということも、この父の看取りのときに、わたしは学ぶことになる。

点滴をはずして枯れるように逝った

病院から老人ホームに戻ったその日、施設の方が呼んでくださった訪問診療医は、とても若いドクターだった。わたしの当時のイメージでは、看取りをやるような老人施設を訪問してくれるドクターはけっこう年齢のいった、病院勤務を引退したような年齢層の人ではないか、と勝手に思っていたのだ。若いドクターがあらわれ、わたしは思わず、「先生はアルバイトでここのお医者さんをなさっているんですか」と聞いてしまった。いや、僕はもともと、こういう地域での仕事がしたいので、最初からこの仕事を選んだんですよ、と、若いドクターは言う。こういう人も出てきているのだ。たいへん失礼な質問をしてしまった。

若いドクターは、まだ点滴を受け続けている父を見ながら、わたしに穏やかに説明した。点滴を続けている限り、鼻水や痰が切れません。お父さんは、自分で痰を出すことができませんから、吸引の措置をしなければなりません。吸引は本人にとって苦しいことです。もう、点滴を取りませんか。点滴を取ってしまう、ということは、文字どおり命綱を絶たれる、ということを意味する。有り体《てい》に言えば「もう死んでもいい、仕方ない」ということを受け入れるということだ。とはいえ、この状態の父をいまさら痰の吸引で苦しませたくない。

あの、とわたしはドクターに聞いた。でも点滴を抜いて水分補給をやめてしまったら、父は喉が渇いて苦しみませんか。渇きに苦しむなんて、あまりにかわいそうなことじゃないか、とわたしはやっぱり思う。しかしドクターは、喉が渇いて苦しそうだったら、また考えましょう、でも、普通、この段階で渇きに苦しむことはない、ゆっくりと眠るように、からだから水が切れていくのだ、と言う。枯れるように死んでいく。そういうことらしい。葬儀屋さんが、最近は遺体が重い、と言っている、という話は聞いていた。最後の最後まで点滴で水分を補給しているからだは、「重い」。以前は、亡くなった人は水分が切れて軽かったのだ。

点滴をはずした父は、少しも苦しそうではなかった。穏やかに眠り続けていた。わたしが話しかけてもほとんど反応はない。聴覚は最後まで残るというから、お父さん大好きだよ、ありがとう、と言いながら彼の大好きだった谷村新司さんの「昴」をイヤフォンで聴かせ続けた。表情は変わらない。吉本ばななさんがお父さんの晩年、はちみつを口元に垂らしてあげたりしていた、とおっしゃっていたから、真似をして、はちみつをちょっぴり垂らしたり、口元が乾かないように脱脂綿でふいたりした。

点滴を抜いて、つまりは一切水分をとらなくなると、七〜一〇日くらいしか生きていられない。父を見舞いながら、来週のいまごろは父はこの世にいないのか、と思うことは、ただ、ふわふわと現実味のない感覚だったことを思い出す。父はなんにもほとんど反応せず、気づいたら呼吸をしていませんでした……、という亡くなり方をした。

夫とわたしは、ここで「点滴をやめる」ということを学んだ、と言える。これは、延命治療をしない、という具体例のひとつである。わたしたちはそれが父の死期を早めた、とは思えず、父の死の尊厳を守った、と感じた。この父の亡くなり方について、そして「点滴をはずすことに合意する」という自分たちがとった決断について、後悔はしなかった。やっぱり延命治療はしないほうがいい、としみじみとわたしたちは思ったのだ。

施設で眠るように逝った義母

父が亡くなった翌年、二〇一四年のこと、夫が亡くなる半年ほど前、長く認知症をわずらっていた義母も他界した。彼女は全く寝たきりになって、目を開けて話すこともなくなってからも、ずっと三度三度ご飯は食べていた。スプーンを口元に持っていくと口を開け、食べる。夫はそれが自分の母親との唯一のコミュニケーションと受け取り、元気なときは週に一度は義母のいる特別養護老人ホームに通い、ご飯を食べさせていたものだ。認知症が進んできたら、ほどなく腸閉塞を起こし、寝たきりになって、さらなる腸閉塞と、誤嚥性肺炎を繰り返した父とは全く違って、義母はからだを起こしているとはいえ、目は開けておらず、眠りながら食べているように見えて、一度も誤嚥性肺炎を起こしたことはなかった。

多くの男性の中のたった一例にすぎないわたしの父と、女性である義母をくらべることはもちろんできないのだが、寝たきりになるや、次々と腸閉塞、肺炎を起こして亡くなっていった父とくらべ、そのようなことを全く起こさず、延々と一〇年、寝たきりとはいえ、きちんとご飯を食べ、つやつやとした肌を保ち続けた美人の義母を思うと、やっぱり「女性の生命力の強さ」なるものを感じずにはいられない。義母のいる大きな特別養護老人ホームでも圧倒的に女性のほうが多い。男性は家で奥さんが面倒をみている、と言われるのかもしれないけれど、男の人のほうがやっぱり早く亡くなってしまうのだ、とついつい感じてしまうのであった。

そうは言っても、亡くなる数カ月前くらいから、義母はスプーンを口に持っていってもほとんど口をあけなくなった。たまには食べるのだが、食事をとる量は目に見えて減っていった。

この施設からは、二〇一〇年を過ぎたころだったか、「延命治療をしない」旨、「救急車はもう呼ばない」旨など、最後に病院に搬送したりせず施設で看取る、ということについての書類に、同意すれば、サインをしてほしい、と言われていた。当初は、この書類の意味についてよくわからなかったのだが、これが「胃瘻や経管栄養、不要な点滴などはしない、気管切開などをして呼吸を続けさせようとしない、もう医療行為はせず、静かに亡くなることを受け入れる、そして、それを訪問診療の医師のもと、施設で行う」ということを意味していることを、わたしたちも理解した。病院ではなく、施設で「延命治療をせずに」看取ることが、プロセスとしてあちこちで進んでいるのである。

そして、義母は、食べなくなり、だんだん血圧が落ちていって、ある日、夫とわたしが見守る中、鼻につけていた酸素吸入器を施設の方がはずしてほどなく、あ、おかあさん、もう、息をしていないね、というふうに、まさに眠るように亡くなった。

「死ぬならガンがいい」

このようにして、夫を家で看取る約二年前に父を看取り、約半年前に義母を看取った。彼らは施設で亡くなり、自宅で亡くなったのではないが、少なくとも病院で亡くなったのではなかった。だから、「延命治療」も、無理な医療介入もなく、静かに逝った。

こういう経験があったものだから、夫もわたしも、「延命治療はしない」ということに、素人ながら、割と明確なイメージを持っていた。なんらかの理由で、食べ物が口に入らなくなってきたら、もうそこまでだ。そこで無理なことをしなければ、静かに、枯れるように、苦しむことなく死んでいける。

父と義母は、施設の助けもあって、実に見事に静かに死んでいった。親として、この時期にこの経験をわたしたちにさせてくれたことの意味は実に大きかった。だから、夫が「家で死にたい」と言うのも、だいたいそういうプロセスではないか、と、夫もわたしも、思うに至る。わたしたち双方には、明確なこの「最後のイメージ」が残っていたのだ。しかし、もちろん生と死は当然、イメージどおりにいかない。

結果として、夫は、たしかに静かにわたしの腕の中で息をひきとることになりはするのだが、実は、そのプロセスは、父と義母のときとは全く違った。父と義母は「認知症」であり、判断能力はない文字どおり寝たきりの状態であって、彼らに延命治療をするのかどうか、は、家族であるわたしたちに委ねられていた。彼らは苦しみは口にせず、自分たちの希望がどのようなことであるか、も語ることはない。客観的状況からわたしたちが決めていたのだ。ある意味、ひとごととして。

だが夫はガンで死んだ。そしてガン、という病気は、少なからぬ臨床医たちがいまや、自分自身の希望として「死ぬならガンがいい」と言うような病気だ。なぜ百戦錬磨の臨床医たちがそう言うかというと、ガンによる痛みはよくコントロールできるようになっている、ということもあるだろうし、また、「最後まで意識がしっかりしていて、自分を失うことがない」ということもあるらしい。

日本では二〇一五年に公開され、ジュリアン・ムーアの主演で話題になった『アリスのままで』は、大学教員である主人公が、若年性アルツハイマー病をわずらい、症状が進んでいく様子を描いた映画である。病気が進んでいくプロセスで、彼女は自分が若年性アルツハイマー病をわずらっていることをはっきりと知っている。だんだんものごとのつじつまが合わなくなり、意のままには行動できず、周囲も苛立っていることに気づいて、「なぜこんな病気になってしまったの。ガンで死ぬのならよかった。ガンで死ぬなら、みんなに敬意を持たれたままで死んでいけるのに」と言うシーンがある。

おそらく、そのとおりである。ガンは、最後の段階まで、「ボケ」ることなく、意識が明晰でいられることが多く、だからこそ、少なからぬ臨床医が「死ぬならガンがいい」と言うのだ。意識は明晰で、そして、脳卒中や心筋梗塞などのように後遺症が残ることもなく、死ぬまでの時間をだいたいであるが、予測できて、死ぬ準備ができる。だから死ぬならガンがいいのだ、と。この「意識の明晰さ」は、しかし、からだが弱っていく過程では、やはりかなりの混乱を引き起こす可能性がある。

意識がはっきりしているゆえの混乱

いま思えば、あれは、中咽頭ガン頸部リンパ節転移の夫が亡くなる一五〜一六日くらい前のことだったと思う。彼は病状が進んでも、ずっと家にいて、入院は考えていなかった。ずっと家にいたいと言っていたわけだし、わたしも最後まで家にいさせてやりたいと思っていた。そのことには基本的な合意があって、いわば、それを成し遂げることをわたしたちはめざしていたと言ってもいい。

しかしこのとき一度だけ言い合いになった。彼は「胃瘻をしたい」と自分で言いだしたのである。中咽頭ガンが原発だから、だんだん、喉のとおりがつらくなって、食事をとることはおろか、水を飲むのも、薬を飲むのも、本当につらそうになってきていた。彼は、父や義母のようにほぼ寝たきりで意思や感情がよくわからないように見える状態ではない。はっきりと意識はある中で、食べる、飲む、がつらくなってきていたのだ。

訪問診療の彼の担当医と、三人で延命治療について以前に話したことがあった。胃瘻も経管栄養も望んでいない、と言う彼に、ドクターは、「首のガンの場合、胃瘻をして元気になる人もいますよ。食べられなくなるんだから、胃瘻にすれば栄養もとれるし、胃瘻をつけて講演活動を続けた、という方もおられるくらいですよ」という話をなさった。彼は、それを覚えていたのだ。「こんなに食べるのがつらいんだったら、胃瘻にしたい」と言う。

私はちょっと狼狽した。胃瘻にして長く生きられるのなら、そのほうがいい、と思うような、いや、もうこれだけ痩せてつらそうにしているのに胃瘻にしてなにをいったいどうするんだ、というような、混乱した思い。こういうふうに、混乱しないように、もともと「延命治療はしない」という方針を立てていたのではなかったか。いや、しかしながら、「方針」などという堅い言葉は、職場としての医療福祉環境では使えるが、普段の生活にはやはり馴染まない。

「胃瘻をしたい」と言う彼に、「延命はしない、という方針だったよね」とつぶやいたわたしに、彼は激怒した。「そんなにいやなら病院に行く。入院させてくれ」と。いや、そんなつもりじゃなくて、家にいてもらいたいけど、でも胃瘻はやらないんじゃなかったっけ、とか、ぶつぶつ言うわたしもどうしたらいいかわからない。こういうときにこそ第三者が必要なので、「お医者さんに聞いてみるから」ということで、彼の胃瘻希望を受け入れた。

父や義母のときとは違う。この人は、自分ではっきり意志を持って、苦しいからこうしたい、つらいからこうやってほしい、とちゃんと言えるのだ。そのような状況をわたしはただ受け入れることだけを求められているのだけれど、でも二人で決めたじゃない、といった、おのれかわいさや言い訳が、つい口に出るのである。

ドクターに「胃瘻をしたいと言っています。以前、先生に胃瘻にして元気になったガン患者さんのことを聞いたからでしょうか」と言うと「すがってるんですね、それに」とおっしゃる。本人から、ドクターに直接、胃瘻にしたい、という希望を伝えてもらったが、答えは、非常に明瞭で「もう遅いです」ということだった。本人はかなり弱っていて、もう、胃瘻の処置に耐えられないだろう、というのだ。そのかわり、ドクターは九〇〇ミリリットルの経管栄養（高カロリー輸液）ならつけられる、そして、そうすれば、もう、口から飲んだり食べたりしなくてよくなる、薬も全てパッチにすることができる、と彼に伝えた。

ドクターいわく、九〇〇ミリリットルの高カロリー輸液は、「延命」というほどの積極的な量ではなく、いまの苦しさを抑えるために必要な量、と説明された。それは彼もわたしも「延命治療は望んでいません」と常々言っていたからだ。そのようにして、亡くなる前の最後の二週間、夫は経管栄養のお世話になった。経管栄養の装置のチェックと、パックの交換は、わたしの仕事となる。こういうことも在宅でできるようになっているのである。

夫は、口から物を入れなくなったことで、苦しみが減り、また脱水症状も改善されたので、穏やかに過ごすことができた。「延命治療」と一口に言っても、認知症の場合と、意識のはっきりしている病気の場合とは事情が異なる。本人の意思をはっきり示せるときは、そう簡単には決断ができないこと、それぞれのケースでその場の苦しみが減るように対応することについて、ドクターの明確なアドバイスも必要であることを、学ぶことになった。

最後の日々に口ずさんだ歌

経管栄養にして、穏やかになったある日、夫は歌を歌いはじめた。この人は、団塊の世代ど真ん中の人だから、まあ、普通にビートルズや井上陽水を聴いていたし、藤圭子や西田佐知子も好きだったたし、石原裕次郎なんかも好きだった。しかし、本当に最後の日々、彼が、こんな歌を思い出すんだよなあ、と歌いはじめた歌は、「わたしのラバさん酋長《しゅうちょう》の娘、色は黒いが南洋じゃ美人」と、「一の谷の戦《いくさ》破れ討たれし平家の公達哀れ」の二つであった。

昭和三三年生まれのわたしは、こんな歌は知らない。本人が歌っているのを聞いたこともない。知らないから、どきっとしてメモした。調べてみると「わたしのラバさん……」は一九三〇年ごろヒットした、ミクロネシアに移住した日本人をモチーフにした演歌師の曲らしいし、「一の谷……」のほうは、明治時代につくられた「青葉の笛」という歌らしい。年長の親戚が歌っていたのだろうか。経管栄養にして、窓際の介護ベッドに横たわる彼の穏やかな様子と、この歌がオーバーラップして、「延命治療」についての家族としての片付かない思いについて、うらうらと思い出したりするのだ。

第8話　家族の場所

人生最大のストレス

二〇一五年六月に末期ガンの夫を家で看取った。配偶者の死、というのは人間にかかる「ストレス」のうちで最も大きいもののひとつであるという。ライフイベントとストレスに関する有名な尺度があって、「配偶者の死」の次には「離婚」「夫婦別居」「刑務所収容」「近親者の死」などと続くが、「配偶者の死」は、抜きん出てストレスが高いイベント、とされている。

ちなみにストレスとは、「人間がもともと生きて続いていく方向にそぐわないような刺激がからだに加わった結果、からだが示すゆがみや変調」のことである。このところ、妊娠、出産、子どもを育てることが女性にとってストレスなので……などという言い方をよく聞くし、子育ては毎日がストレスでいっぱい、とか平気で言ってしまったりしているのだけれど、これは実は「ストレス」という言葉の正しい使い方ではない。

生物である人間が、次世代を宿し、産みだし、育てることとは、「人間がもともと生きて続いていく方向」に沿うことである。このプロセスがないと、人間はこの世代で終わり、となってしまう。人間がもともと生きて続いていく方向、というものには、なんらかの喜びがビルトインされているはずで、それがよきもの、ではないようにとらえられるようになり、つらい、と思わざるをえないようになっている状況自体が「ストレス」、なのである。

この、人間の本来生きていく方向自体をつらくしているもの、たとえば全ての人が賃労働に参加することこそが生きがいだ、とか、社会的評価が得られないのは価値のないことだ、といった考え方とか、具体的には、仕事が忙しすぎることとか、時間がないこととか、そういうことがストレスなのである。

「母性のスイッチ」が入るとき

ともあれ、配偶者を亡くしたわたしは、世に知られた厳しい「ストレス」を経験した、とまわりは思ってくれているので、多くの方からやさしい言葉をかけていただいた。少なからぬ方から、「夜は眠れる？」と、お声かけいただいた。自分でもこれはどうなのか、と思うのだが、わたしは夫の死後、ものすごくよく眠るようになった。お声かけいただいた「夜は眠れる？」には、「はい、ありがとうございます。よく眠っています。わたしを起こす人がいないので」と返事していた。文字どおり、起こす人がいないので、ただただ、よく寝るようになったのだ。

人の世話をする、ということは、夜は自分の好きなようには寝ない、ということでもある。

授乳期の母親は、幼い子どもがかたわらに寝ているときは、子どもの気配で即座に目覚める。「添い寝したら子どもに覆いかぶさって危険だ」などということが真剣に議論され、だから「添い寝をしてはいけない」と言われていたこともあったが、いまは日本人が昔からやってきた「母親の添い寝」は、むしろ推奨されている。生物としてあたりまえだと思う。授乳中のあの鋭敏かつ明晰な精神状態を経験した人はよくわかっていて、あの時期の自分が幼子に覆いかぶさって危険を与える、ということのあり得なさをよく理解しているはずだ。そういうことが絶対起こらないとは、もちろん言えないが、それは、起こったら普段は起こるはずのない「大変な事故」であることを、ほとんどの母親は理解していると思う。

妊娠、出産、授乳、人の世話、という人類の存続に関わる部分を営々とになってきた女という生物は、なんらかの形でスイッチ（あえて「母性のスイッチ」と呼ばせていただこう）が入れば、自分のことは二の次にして、黙々と清々と働けるのである。そしてそれは前述したように、苦行、ストレス、ではなく、喜びとして行えるのだ。生命の存続の方向にかなうことだから。

それをいまは、「妊娠すると仕事ができない」「出産するとキャリアに関わる」「子育ては女性の人生を邪魔する」などということになって、身体的に「母性のスイッチ」が入る機会をつぎつぎと奪っている状況なのである。残念なことだ。この国の子どもがどんどん減ってゆくのも、仕方のないことだと思える。

私的に近しい人の「手の内」にあること

わたしのかたわらに寝ていたのは、授乳期の子どもではなくて、末期ガンの夫だったのだが、そういう「弱い時期の人」「人の助けがいる人」がかたわらに寝ていると、女は、〝はりきる〟。スイッチが入っているので、ほんの少しの動きにも敏感にからだが反応する。夫は最後まで自分で立ってトイレに行けたが、ふらふらするので、ほうっておくと危ない。夜トイレに立ったり、痛み止めを飲んだりするたびに、即座に反応するわたしであった。起こされるわけではないし、夫は私を気遣っていたから、いつもそっと動いてくれていたのだけれど、わたしが気づくのであった。

そうは言っても、子どもがつぎつぎ生まれたり、介護が終わりが見えずに続いたりすると、やっぱりたまにはぐっすり寝る、ということもなければ、つらいものだろう。

本当につらくなったら、誰かに肩代わりしてもらって休む、ということも必要ではない、とは言わない。そういうシステムがあると、とても助けられる。本書で諄々《じゅんじゅん》と書いてきたように、わたしは現今の日本の医療及び福祉のシステムにフルにお世話になったのであり、それはたいへんありがたかった。

しかし、やっている方、やったことがある方はおわかりだと思うが、この人間の生のもとの形、「生の原基」に関わる部分、まあ、簡単に言えば、次世代を産み育てる、先に逝くものを見送る、さらに、いまふうの言葉で言えば、妊娠、出産、子育て、介護などは、根本的に人間の「私的領域」に関わっていることであり、個人的な関係性の中でしか存在しえないものである。公的なシステムがそれに完全に取って代わってしまうことは難しい。完全に取って代わってしまうことはあり得ないわけではないが、それは、育っていったりこの世を去ったりしていく人の、なんらかの負担の上に成り立たざるをえないやり方となってしまう。

簡単に言えば、子どもを産んだり、子どもを育てたり、子どもをつくることにつながるような愛の暮らしを営んだり、弱った人を助けたり、人生の終わりに向かう人を送ったり、そういったことは、誰か私的に近しい人の「手の内」にある、ということだ。育ちゆく本人や、死にゆく人の安寧は、誰か親密な関係を持つ人に委ねられる、ということなのだ。

結果として、「施設」や「公的サービス」「福祉サービス」のお世話になるとしても、どのような「サービス」を選ぶのか、いかなる「施設」にお世話になるのか、を決定するのは多くの場合本人ではなく、その人と親密な関係にある人、であり、その決定によって、当事者の居心地は全て決まってしまうのである。「施設選び」だって誰かの手の内にあるのだ。

介護する人は選ばれた人

「子育て」をする人は、子どもに親であることを選ばれた人である。あなたの子どもは偶然にあなたの元に届いたわけではない。別にスピリチュアル系の話でもなくて、子どもはあなたに続く長いご先祖様の歴史の果てに、なんらかの必然と関係性の元にあなたの前にあらわれた。あなたは子どもに選ばれたのだ。

それと同じように、介護する人は、選ばれる。家族の中から、ほかでもないあなたが、介護する人に選ばれるのである。選ばれたものの、誇りと矜持、そういうものがたしかにある。生まれる人の親になることも、死にゆく人のかたわらに寄り添うことも、選ばれることなのであるが、いまはその選ばれたものの誇りを口にすることが本当になくなり、子育ても介護も大変です、という苦労自慢ばかりになってしまった。それは、生と死に立ち会うという、人間にとって最も荘厳な経験を、産業資本主義の言葉で安っぽいものにしてしまっているからなのだろうか。

そもそも、「育児」と「介護」は似ている、とよく言われる。父の介護をしているときも、夫の介護をしているときも、しみじみと、「子どもを育てること」と「人の介護」は同じプロセスだと思った。方向性が違うだけでやっていることは同じ。ちょうどコマを逆回しにしている感じである。

赤ちゃんは、生まれてすぐにはからだをひとりで起こすことができないから抱き上げてお世話する。言葉をかわすことができないから、非言語メッセージをからだいっぱい発していることを受け止めていく。ひとりでおなかを満たすことができないから、おっぱいをあげて、のち、他の食べ物も口に運んであげる。歩いてトイレに行けないから、おしっこやウンチをしたそうだったら、おまるにささげてあげる。

言葉には表現できなくても、赤ちゃんは実に細かいことまでよくわかっていて、こちらにたくさんのことを伝えようとしていると、赤ちゃんを育てている人には、理解されていることが多いと思う。助産師さんによると、赤ちゃんは、生まれてくるプロセス自体、よくわかっているのだという。へその緒が絡まっているからゆっくり下りてこよう、とか、だいたい生まれるのはこの時間あたりにしよう、とか、赤ちゃんが決めていることが多いのではないか、と感じることばかりだ、と言うのである。「お父さんが出張でこの時間しか帰ってこない」とお母さんが言っていると、お父さんを待って生まれてくることは、珍しくないらしい。赤ちゃんはなんでもわかっている、と痛感させられることが多いからこそ、お産はできるだけ自然に、産む女性と赤ちゃんが自分の力を生かせるようにしていく必要があるのだ、と言う、助産師たちの言葉は重い。

そのようにして自分ひとりではなにもできなかった赤ちゃんが、からだを起こすようになり、言葉を理解するようになり、自力でなんでもやるようになり、成長していく。多くの人はその後、円熟した成人としての時期を過ぎ、病を得たり、老いたりして、この育ってきたプロセスをゆっくりと、あるいはけっこう急いで、逆にたどってゆくのである。だんだんできることが減ってゆく。運転ができなくなり、自転車に乗れなくなり、ひとりで出かけられなくなり、ひとりで歩けなくなり、起き上がることが難儀になっていくのが老いのプロセスなのだ。

どう生きて、関わってきたか

自然なお産で生まれてきた赤ちゃんは、自分の力で生まれてきた誇りで輝いている。自分の力を使って産んだ女性は、出産という経験だけで、母性のスイッチが入り、見事に落ち着いて、社会的認識に開かれ、母として生きる自信に満ちるようになる。また、赤ちゃんとお母さんが自分の力で産み、生まれてくる経験に寄り添う助産師もまた、そのような人間の力への感動に照らされて、きらきらしている。そういう経験があるから、助産の仕事をやめることができない、と言う。

「自然なお産」とはどういうものか、様々に議論されてきているのだが、わたし自身は、生まれてきた赤ちゃんが達成感に満ちた表情をして、女性が別人のように自信に満ち、介助してきた人も心の底から励まされるような、そういう出産が「自然な出産」だと思う。医療介入を実際に行ったかどうか、は実はどちらでもよいことで、母子、介助者が全て光につつまれるように励まされるお産が、人間がもともと行ってきた「自然な出産」なのではないだろうか。人類がここまで続いてきた、ということは、生まれ、次の世代を残し、死んでいく、というプロセスが、もともと、周囲の人をも励ますものであった、ということなのだろう。

「自然な死」についても議論が深まっているが、医療介入をしたかしなかったか、自宅で死んだか施設で死んだか、そういうことは、おそらく、実は些末事で、どちらでもよいのである。死にゆく人が静かに時間を過ごし、寂しいながらも満ち足りてあり、介助していた人間が、その死とともに、悲しくはあるがなんとも言えず、励まされる、という死は、「自然な死」なのではないか、と思う。

そのように静かに逝き、励まされて看取る、という経験は、だから、医療介入するかしないかとか、施設か自宅か、という議論ではなく、死にゆく人と最後までそのかたわらにいるであろう人との関係性によってのみ、決まっていくことなのだ、とあらためて思わずにはいられない。だからこそ、その関係性は病を得たり、死にそうになったりして突然始まるものではなく、それまでその人がどのように生きてきて、どのように周囲や家族や友人と関わってきて、最終的に自分を看取ってくれる人とどのように関わってきたか、によって決まっていくのだ。それは結局、その人がどのように生きてきたか、の反映となるしかない。

介護には終わりがある

さて、子育てと介護は同じプロセスで方向性が逆なだけ、と述べた。人が育っていくことに寄り添う子育ては、できなかったことがひとつひとつできるようになる、成長の過程に励まされる、喜びに満ちたプロセスであるが、病人や老人の介護は、できたことをひとつひとつ失っていくプロセスだから、つらい、しかも、最後に待っているのは死、だから、つらい……。よくそういうふうに言われる。

子育ては、たしかに、楽しい、そして報われることも多い。幼い赤ちゃんにおっぱいをあげる満ち足りた喜びは、まさになににも代えがたいものだし、はいはいしたり、歩いたりしはじめたときの感動は、誰の人生にも深く刻まれるような経験だ。しかし、子育てには終わりがない。育っていく子どもは自分の手を離れていくけれども、親は、とりわけ母親は、産んだ子どもを忘れることはない。どこにいてもなにをしていても、いつも気になる。エンドレスな関係なのである。そしてどんなに懸命に子育てをしていても、子どもに反旗を翻されることは、多くの親が経験することだ。子育てはエンドレスで、かつ刃向かわれることも少なくない、ある意味、厳しいプロセスなのである。

子育てには終わりがないが、介護には終わりがある。死は永遠の別れで、たしかに悲しいものだけれど、それは永遠の和解でもある。もうこれ以上の軋轢《あつれき》もなければ、刃向かわれることもない。よき思い出だけが手元に残り、見送ったものには静かな励ましが残る。厳しいことだけではないのだ。子育てと介護は似ているが、ある意味、介護のほうが救いがあることも少なくないのかもしれない。あまり賛成が得られないかもしれないが、そう思わずにはいられないのだ。

「女」がになってきた仕事

「子育て」と「介護」は似ているから、両方やると、もちろん上手になる。わたしはたった二人ではあるが子どもを育てた経験があるので、夫のみでなく父や義母の介護にも、実に明確な既視感があった。幼い子どもたちを育て上げた自信が、老いた人、病んだ人への対処に余裕を持たせる。人生の経験というのはうまくできているものだ。女の人生は、ひとつひとつ片付けていけば、それなりの経験を積んで、次の経験に自信を持ってむかえるようにできているのだ。

いまは高齢出産も多くなって、子育てと介護が同時にやってくる人も少なからずおられるわけで、本当にたいへんだなあ、と思う。両方全力でやっておられる方にはただ頭が下がるが、次の世代には、やはり、子どもがほしいならできるだけ早く産むことが女の人生としては楽な展開になりやすいのではあるまいか、と思ってしまう。

女の人生は……とこのように書くと、「子育てと介護を女に押しつけて女性の社会進出を妨げるのでけしからん」と言われるのであるが、「全ての女性は社会的評価を受けるような仕事を望んでいて、それができるようになるのが世の中の発展である」という考え自体、いまの時代に広く行き渡っている単なるイデオロギーのひとつであり、「金を儲けてくることがいちばん大切」という産業消費社会の要求と一致しているがために、広く人口に膾炙《かいしゃ》しているにすぎない。もちろん、「子育てと介護は女の仕事」で、全て女がやれ、などと言うつもりはない。男がやっても女がやってもいいけれど、子育てや介護において必要とされるのは、その人の「女性性」だから、「女のやること」と、つい、言ってしまいたくなるのである。

男であろうが女であろうが、ひとりの人にはその生物学的性にかかわらず、男性性と女性性が共存している。男性性、女性性、というもの自体が社会的に規定されたものだ、と言われることもあるけれど、産む性である女性が男性と同じとは言えないことは、DNAから考えてもそのとおりであろうし、ひとりひとりが自分のことを考えてみても、自らのうちに女性なるもの、男性なるもの、のどちらもある、と感じると思う。

時代と文化的背景と自分の〝好み〟で、その男性性と女性性がその人のからだを通してどのように発現するかが決まってくるのだが、女性のからだを持っていたら、女性性が表に出てきやすいし、男性のからだを持っていたら男性性が前に出やすい。幼い子どもや助けのいる人たちのお世話をする、というのは、それぞれの人のうちにある「女性性」の発現が期待されている分野であると思う。だから、男の人が肩代わりすることもあるけれど、これはやっぱり長い人類の歴史の上で、「女」がになってきた仕事である、と思う。

じゃあ女であるわたしは誰が看取ってくれるのか、とおっしゃる方もあるであろう。女であるあなたは、多くの場合、あなたと近しい、女の誰かに看取られる可能性が大きい。出来のよい夫や息子であることも、ないとは言わないが、多くの場合、やっぱり介護の主体は女であることが多く、再度言うが、男の人が主体であっても、彼らのうちの女性性が介護をになっているわけである。つまりは多くの女の主たる介護者は、嫁(というのが時代錯誤なら義理の娘、でもよいが)や娘など次世代の女であることが多い。

自分がいろいろな人を見送ったあとは、自分も看取られることになるのだから、次世代の女たちとは、親しく、穏やかにつきあっておいたほうがよいに決まっている。先述したように、長い時間をかけてどのように生きてきたかにおける関係性が、どのように死んでいくかの多くを決める。いくら気に入らない嫁でも娘でも、先に逝く世代が折れてやさしくしておくほうがよいのは、それがとりもなおさず、自分が気持ちよく死にゆくことができることへの第一歩だからである。

それでもやはり、家で死ぬのはよいこと

あらためて、家で看取ったことをふりかえってみると、この人を家で見送ったことで、いまこのときへの集中はずっと上がったということが確実だ。そして、家で見送ったことで悔いが残らなかった、家で看取ったことはよい経験でした、その経験がいまもわたしを支えてくれます……。亡くなった夫のお悔やみの言葉を言ってくださる方に、そのように言うことが多かったのだが、ほどなく、気づいた。

わたしが言うことは「やらなかった人」「できなかった人」に、悔いを残させるら

しい。ガンをわずらった大切な人を病院で死なせた、と後悔させるようだ。「私がいつまでも悲しいのは、家で看取れなかったからなんですね」と言う方も出てくるにおよんで、あんまり、家で看取ってよかった、と言い募るのはよろしくないかなあ、と思ったりしはじめた。

しかし、それでもやはり、大切な人を家で看取ることは、残るものが励まされる貴重な経験である、と言うのをやめることはできない。と同時に、病院で亡くなろうが施設で亡くなろうが、関係性において納得できるところがあれば、悔いを残すことはないのだと思う。

わたしの話を聞いたからといって後悔するような介護の日々であったのなら、次にそういう機会が回ってきたら、そのようにしないようにすればよいだけだ。わたしたちはみな、そのときそのときの自分自身の限界の中で生きている。その限界を常識とか世間体とかによって決めるのではなく、ただ、介護する人とされる人との関係性の中だけで決めていけば、再度言うが、家で死のうが、病院で死のうがそれらは些末事なのである。

いまも夫が死んだときのことを思い出す。施設で看取った父や義母は、そのまま葬儀場に運ばれ、家に戻ってくることはなかった。家にずっといなかった人を、死んでから家に迎えるのは、なんだか気持ちよくなかったのである。はっきり言って、ちょっと怖かった。家に死人を安置する、ということがなんとなく怖かったのである。

しかし、夫は家で死んだ。わたしの腕の中で死んだ。死んだ彼はさっきまでは生きていた人であり、生きていても死んでいてもわたしの愛する夫であり、ひとつづきの流れの中に存在する人なのであった。だから、死んだ彼のことは少しも怖くなかった。夫の最期のときに立ち会った長男とわたしは、そのまま、夫の横たわるベッドの脇の床に二人で布団を敷いて眠った。死んでいった夫のそばに、一緒にいてあげたかった。文字どおりの夜伽、であった。それは家で死んだ人への、あたりまえの態度なのだ。

翌日、クリニックの看護婦さんに処置をしてもらって、夫はそのまま葬儀まで我が家のリビングルームに安置され続け、たくさんの来客をそこで迎え、賑やかにお酒を飲んだり、食事をしたりして、「通夜」そのものの懐かしい時間をたくさんの人と過ごした。関係性の問題だから、施設でも家でもよい、と書いたばかりだ。しかし、わたし自身は夫を家で看取ったことに、どれほど支えられているだろう。家で死ぬのはよいものである。家で生まれるのがよきことであるのと同じように。

人間はおそらく、本来は、家族の場所を持ち、そこで生まれ、そこで憩い、そこから出て、またそこに戻り、癒され、また出ていき、そして、最後に帰ってきて、そこで死ぬのが、あるべき姿なのであろう。健康とはそのような暮らしの中でこそ、「医療」や「サービス」に頼らずに立上がってくるものであるのに違いない。

人間としてのあるべき姿から遠く隔たってしまったことに悔いはないとはいえ、私たちが、この近代のもたらした衣食住の見事な豊かさと、なにを引き換えにしたのかを、家で看取ることを機に、わたしはさらに深く考えるのである。

あとがき

夫は悪く言えば、不器用というか、考えなしというか、適当というか、そういうところのすごくある人だった。

夫と暮らしはじめた最初の年末、私はカーテンを洗っていた。年末には、家中のカーテンを洗う。いまどきのカーテンだから、厚いカーテンと、内側の薄いレースの二枚を、カーテンフックをつけて、カーテンレールに取りつけるようになっている。カーテンを洗うときは、ひとつひとつカーテンフックをとってから洗わなければならない。家で洗えるカーテンしか買っていないので、洗うときは、洗濯機で洗って、そのままカーテンレールに戻して乾かす。

ある年末の日、カーテンを洗濯機に入れたものの、そのまま出かけなければならなくて、夫に「カーテン、洗ったから、フックをつけてカーテンレールにかけておいてね」と頼んだ。このとき、頼んだカーテンは、薄いオーガンディーのような生地のカーテンだった。

帰宅してみたら、カーテンはちゃんとカーテンレールに、かかっては、いた。しかしよく見ると、薄いほうのカーテンの長さが妙に揃っていない。どうも変だな、と思ってよくよく見ると、カーテンの取りつけ場所がなんだか変なのだ。どこが変なのかよくわからないが、少なくともカーテンフックの取りつけ位置がおかしい。

カーテンを一度でも洗ったことがある方はご存じと思うが、カーテンフックはカーテン上部のひだになっているところに、カーテンフックをさす部分があるので、そこにフックを入れて、カーテンレールのランナーにかける。しかし一度もカーテンを洗ったことのない方は、私の言っていることがわからないかもしれない。カーテンフックをカーテン上部のひだになっているところに取りつける、という意味がわからないかもしれないのだ。

夫は、おそらく一度もカーテンを洗ったことがなかったのだろう。カーテンフックをカーテンの上部にどうやって取りつけたらいいのか、わからなかったらしい。わからなかったら、「どうやったらいいのか、わからなかった」と言ってくれれば、あとで私がやったのだが、頼まれたことはやらねばならないと思ったのであろう。どこに引っ掛けるのかわからなかったため、オーガンディーのカーテンの上部に、カーテンフックでぶすっと穴を開けて、そこにフックを通して、ランナーにつけてあったのである。

なんのことかおわかりだろうか。つまり夫は、カーテンフックをカーテンにつけるにあたり、それを差しこむところがわからないから、ぶすっとフックで薄いカーテン生地に適当な穴を開けてしまって、ランナーに取りつけていたのだ。普通のカーテンなら、カーテンフックをさしたくらいで穴は開かないけど、オーガンディーで薄いから、カーテンフックで穴が開くのだ。当然ながら穴の位置は適当で、一二個くらいのカーテンフックは、ぶすぶすとオーガンディーのカーテンに穴を開けて差しこまれたあと、ランナーにかけられてあったから、結果としてこのカーテンは、まっすぐかかっていなかったのだ。

啞然としたものである。どこに差しこんだらいいかわからないからといって、カーテンフックでカーテンに穴を開けていいはず、ないだろうが。オーガンディーのカーテンは、丸井で買ったのだけど、それなりに高いカーテンだった。それに一二個も穴を開けていいはずないでしょう。私は真剣に怒ろうかと思ったが、そういうことをやりそうな人に頼んだ私が悪いのである。あのさあ、金ちゃん、これ、穴開けちゃって、あとで破れちゃうよね、このカーテン……と嘆息するにとどめたが、本人は、なんで嘆息されているのか、ちっともわからなかったようであった。

思えば、あのとき、もっと丁寧に、あのさあ、これはぶすぶす穴を開けるんじゃなくて、カーテンの上のひだのところに差しこむところがあるから、そこにさしてほしかったのよ、とか、説明するべきだったのだと思うが、きっといま説明しても、もう一度カーテンを洗うのはあと一年後になるからどうせ覚えているはずもあるまい、と、説明しなかった私も意地が悪いような気がする、いまは。

ことほどさように、というか、なんというか、そんな感じの人だったから、あまり細かいことは考えなかったし、丁寧に何かをやる、というのも苦手だったと思う。何かやって、と頼むときには、いつもこのカーテンのエピソードが思い出された。何かを頼むときには、全てを丁寧に説明してわかってもらえるようなことでないと頼めない。結局、面倒くさいから、頼まないで自分でやっちゃったりしたものである。

カーテンをつけるのも器用じゃないけど、人間関係をつくること自体にもあまり器用な人じゃなかった。歯に衣着せぬ物言いをどこでもするものだから、会社で定年まで生き延びるのは、けっこう、本人も周りも大変だったんじゃないか、と思う。と、まあ、何事につけても器用な人だった、とか、よく気のつくマメな人だった、とは言い難いのだが、でも、本当に、おもてうらのない、素直な愛すべき人だった。

いまとなって、ただなつかしく思い起こすのは、このカーテン事件みたいに、そのときは唖然としたけど、あとになったらもう、大笑いできるようなことばかりだ。なんだか、うまくできているような気がする。だって私は、良いことしか覚えていないのである。死なれてみたら、良いことしか思い出せないのだ。嫌だったこともあると思うのだが、思い出せない。

喪中が三年くらい続いたけれど、今年は久しぶりに年賀状を書ける年始だった。近所の神社にお札を納めに行った。梅が咲きはじめていて、まだ寒いけれどうっすらと春の雰囲気が漂っている。甘酒とかおしることとか売る茶店が出ている。気楽に、誰かと一緒に、どうでもいいようなことを言いながら買い物をして、神社に寄って、お茶を飲みたいな。約束してデート、とかそういうんじゃなくて、日常の延長で、なんとなく神社まで散歩して、そこで一緒に甘酒とか飲みたいな。そういうことをする人を亡くしてしまったことをわたしは痛感した。

失ってしまったのは「どうでもいいこと」を共有する人。それが配偶者なんだなあ。配偶者を失う、とはどうでもいいことを延々としゃべったり時間をただ共にしたりする人を失う、ということだ。特別な時間を共にして、輝くような瞬間を愛でる……ような恋人をつくるのは、おそらくこれよりはずっと簡単なことなのかもしれない。

金ちゃん、あなたが本当になつかしい。私の日常を支え、毎日を護り、海外生活の長かった私を日本に着地させてくれた人。怒ったり泣いたり喧嘩したりすねたり、私が誰にも見せられないようなことをあなたは見てきた。そういうことを共有するあなたは、もうこの世にいない。その寂しさはこの「あとがき」を書いていると、ひたひたと私に迫る。

死にゆく人のかたわらで……というタイトルでありながら、その場にいた私は、この人が死んでいく、という実感がなかった。本人はもっと、なかったのではないか。死はあまりにも身近で、そこにある。夫を亡くして1年半以上も過ぎてしまったいま、あらためて思うのは、彼は自分であの日死ぬと思っていなかったんじゃないかな、ということだ。そういうのはちょっと変な言い方かもしれない。彼は末期ガンだったし、ものすごく痩せていたし、口からもうものは食べられなくなっていたし、とても弱っていた。でも、死ぬのが今日だ、とは決して思っていなかったと思う。

頑固で機嫌が悪いことも多かったけど、おおむね明るい人だった。私が仕事から帰ってきて「ただいま、元気？」と声をかけると、どんなに具合が悪そうなときでも「元気だよ〜」と返事をしてくれた。「大丈夫？」と言うと、「うんうん、大丈夫」といつも言っていた。強がりもあったのだろうし、私を安心させたい、という気持ちもあっただろう。でも自分でも本当にそう思っていたのではないか。

弱っていくのはわかっていたし、「俺はもう長くないな」ということもたしかに最後の数週間には何度も言っていたけれど、それでも、死ぬのがその日だ、とは決して思っていなかったと思う。死んだ人がどう思っていたか、いまとなっては聞くすべもないけれど、あれ、俺、死んじゃったの?というような感じじゃなかったのか、と思う。「気づいていたら死んでいた」、と、本人もびっくりしているんじゃないかな。

夫の死に寄り添って感じたのは、何よりも、生と死が一続きのものであり、生のほんの一歩先に死があり、そこには明確な線引き、というものは本人にとっても周囲にとってもあまり、なくて、ふと、向こう側に行ってしまった、というようなものではないか、ということだった。もちろん、不慮の死、とか、突然の死、というものもあるだろう。でもそういうものならいっそうのこと、本人は全く死ぬ気などなくて、自分が死ぬことを考えてもいなかったんじゃないか、と思う。ふと、気づいたら、自分は生きていない。死はそんなふうに訪れるのではないのか。生きて、生活して、その先に、死、という道がある。というか、死、という道があることもある。それは、本人にも周囲にも明確に、ドラマチックに訪れるものではなくて、ふと、道に踏み入ったように、訪れるもの、のようなのだ。

そのことは、当たり前のようだけれど、あまり認識されていない、というか、私自身はわかっていなかった。一昔前の人は、「今日死ぬ」と言って亡くなった方も少なくなかったというけれど、近代社会を生き延びるための訓練を積むことを、「学ぶ」ということだと理解している私たちには、「今日死ぬ」と言って死ぬような死に方をするための道は、あまりに遠い。目指したいが、遠い。近代的に生きているいまの日々の延長としての死、は、あまりにもわかりにくく、異質なもので、恐ろしいもので、遠ざけたいもので、考えたくないものだった。

しかし、夫を腕の中で看取って思うのは、死はあまりにも身近で、この生とつながっている、という、厳然たる事実であった。つながってはいるのだが、死は冷たく、硬くなる。あたたかくてやわらかかったからだが、これ以上冷たいものは存在しないのではないか、というくらい、ひえびえとする。死とは、冷たくなることだ。生きているとは、あたたかくて、やわらかいからだを持っていることだ。からだがあたたかく、やわらかいうちに、私たちがやらなければならないことは、あの冷たさを思い出すと、ただ、明らかであるような気がする。あたたかいからだのあるうちは、ただ、愛し合いたい。

「夫を家で看取る」ということが、現代の東京でできたのは、本文にも出てくるが、我が家から五分のところに、訪問診療の草分けのひとりである新田國夫先生が開業しておられたからである。新田クリニックの三上師長、訪問看護師の長田さんをはじめとする新田クリニックの皆様に心から感謝している。この本を出すにあたり、新田先生は、「実名を出してもらっていいし、内容の確認は、いっさいしなくていいです」と言ってくださった。そんな方だからこそ、私たち夫婦は安心して、最後のときまで家にいることができたのだ。新田先生にはどんなに感謝しても足りない。

この本ができたのは、ただ、幻冬舎の敏腕編集者、小木田順子さんのおかげである。まだ四十九日を迎える前、おそらく周囲の多くの方が私に声をかけることをためらっているような時期、小木田さんは私にこの本を書くことをすすめてくださった。いましか書けない、あなたしか書けない、書いておくべきである。連載媒体をさっと用意して、書きはじめるしかない状況をつくってくださった。さすが敏腕の編集者である。一年半経ったいまなら、書けない。思い出せないし、思い出したくないこともある。夫の亡くなった直後に、書かせてもらったことに、感謝するばかりである。

私は自分の本が役に立つように、とは、いままであまり思ったことがない。しかしこの本だけは誰かの役に立ってほしい。自宅で死にたい、自宅で家族を看取りたい、という人への励ましになってほしい。それが私たち夫婦がもたらすことのできるなにかではないか、夫の生きた証《あかし》ではないか、と思うからである。

最後に、亡き夫、川辺金蔵に心よりの愛と感謝を。ありがとう、金ちゃん、あなたの妻にしてくれて。

二〇一七年二月

三砂ちづる

初出　「ＰＯＮＴＯＯＮ」二〇一六年一月号〜八月号連載

三砂ちづる（みさご・ちづる）

津田塾大学国際関係学科教授、作家。一九五八年山口県生まれ。兵庫県西宮市で育つ。京都薬科大学卒業。ロンドン大学Ph.D.（疫学）。母子保健・国際保健の疫学専門家として、約一五年にわたりブラジル・イギリスなどで研究。二〇〇四年刊行の『オニババ化する女たち――女性の身体性を取り戻す』（光文社新書）がベストセラーに。妊娠・出産・子育て・家族・身体の知恵などをテーマとした著作多数。近著に『女が女になること』（藤原書店）、『女たちが、なにか、おかしい――おせっかい宣言』（ミシマ社）などがある。

死にゆく人のかたわらで

ガンの夫を家で看取った二年二カ月

二〇一七年三月十日　第一刷発行

著者　三砂ちづる

発行者　見城徹

発行所　株式会社 幻冬舎

〒一五一-〇〇五一 東京都渋谷区千駄ヶ谷四-九-七

電話〇三(五四一一)六二一一(編集)

〇三(五四一一)六二二二(営業)

振替〇〇一二〇-八-七六七六四三

印刷・製本所　図書印刷株式会社

検印廃止

万一、落丁乱丁のある場合は送料小社負担でお取替致します。小社宛にお送り下さい。

Printed in Japan ISBN978-4-344-03084-8 C0095

幻冬舎ホームページアドレス http://www.gentosha.co.jp/

この本に関するご意見・ご感想をメールでお寄せいただく場合は、comment@gentosha.co.jpまで。